Wilhelm Jensen

Aus den Tagen der Hansa

Zweiter Band

Wilhelm Jensen

Aus den Tagen der Hansa
Zweiter Band

ISBN/EAN: 9783741110634

Hergestellt in Europa, USA, Kanada, Australien, Japan

Cover: Foto ©Andreas Hilbeck / pixelio.de

Manufactured and distributed by brebook publishing software
(www.brebook.com)

Wilhelm Jensen

Aus den Tagen der Hansa

Aus den
Tagen der Hansa.

Drei Novellen

von

Wilhelm Jensen.

II.

Osmund Werneking.
(15. Jahrhundert.)

Freiburg i. B. 1885.
Kiepert & von Bolschwing
Hofbuchhandlung.

Osmund Werneking.

Von

Wilhelm Jensen.

Freiburg i. B. 1885.
Kiepert & von Bolschwing.
Hofbuchhandlung.

An einem Maienabend um die Mitte des fünfzehnten
Jahrhunderts saß in der Schreibstube eines hoch=
gegiebelten Hauses der Dankwardsstraße der reich=
mächtigen Hansestadt Wismar, den blondhaarigen Kopf
in die Hand stützend, ein junger Mann im Beginne
der zwanziger Jahre und las. Es war still um ihn
in dem ganzen großen Kaufmannshause, denn die Arbeit
in demselben hatte Feierabend gemacht, und den vor=
maligen Besitzer des Handelsgeschäfts hatte die Stadt
vor kurzem mit vielen Ehren zu Grabe geleitet. Er
war Rathsherr gewesen und sein Name Detmar Werne=
king, obwohl seine Altersgenossen ihn zumeist Wernerking
benannt, doch seit Jahrzehnten stand seine Unterschrift
ohne das mittlere r im städtischen Urkundenbuch. Nicht
hoch an Jahren noch war er verstorben und nicht ohne
letzte Sorge auf dem Todtenbette, da er als Erben
seines Hauses nur einen einzigen Sohn hinterließ, den
er zwar als Knaben schon in seine Schreibstube zuge=

zogen, um ihn frühzeitig in allen Wissenslehren des kaufmännischen Betriebes zu unterweisen. Aber Osmund Werneking hatte für dieselben zu vielfältiger Bekümmerniß seines Vaters nicht die Beflissenheit eines lerneifrigen Gehülfen und dereinstigen Weiterführers des Geschäftes an den Tag gelegt, sondern stets mehr ein Gelüst zu nutzlosem Umherschweifen in Wald und Feld und ungebundenem Lebensgenuß kundgegeben. Die Naturen des Vaters und des Sohnes erwiesen sich bei dem Heranwachsen des letzteren als grundverschieden; auch ein junkerhaftes Trachten sprach sich in ihm aus. Er kleidete sich nach der zu Brügge neu aufgekommenen und von der Lübecker Zirkelkompagnie, den Söhnen der vornehmen „Geschlechter", angenommenen höfischen Sitte der burgundischen Kaufleute, welche „heut' turnirten, morgen Wein zapften und Gewand schnitten", und obgleich unzweifelhaft das federgeschmückte Hauptbarett, die weiten und langherabhängenden bestickten Gewandärmel, die Schnabelschuhe mit blitzenden Spangen unter den engumspannenden Beinkleidern seiner jugendschlanken Gestalt und den schönen, kühnblickenden Gesichtszügen trefflich standen, mißfiel diese Tracht seinem Vater doch nicht minder, als allen „ehrbaren Lüden" in jenen Städten. So hatte er Osmund sorglich, doch vergeblich von allem, was derartige Neigungen vermehren konnte, fernzuhalten und ihn seiner eigenen ernstbedachten, fruchtbringenden Lebensführung anzunähern gesucht. Doch ob auch beide dem nämlichen Stamme angehörten, war's, als seien sie aus getheilten Wurzeln desselben aufgesprossen, von verschiedenartigen Säften des Erdreichs genährt. Osmund Werneking hatte nur äußere Leibesähnlichkeit mit seinem Vater empfangen, keine der Geistesrichtung, und wie es schien auch nicht des Gemüthes oder Herzens, denn der letztere war bereits mit zwanzig Jahren ein Ehebündniß eingegangen, das ihm ein Vierteljahrhundert lang, bis zum vorzeitigen Abscheiden seiner Gattin, zu einem friedfertigen, ungetrübt behaglichen Hausstande verholfen. Osmund dagegen bekundete eher eine Abnei= gung, zum mindesten völlige Gleichgültigkeit gegen das weibliche Geschlecht, nahm die wohlgefällig auf ihn verwandten Blicke artiger Mädchen, ob von geringer oder vornehmer Herkunft, kaum gewahr, während der Wunsch seines Vaters vor allem darauf hinausging, ihn durch eine Ehefrau an stätige Erwerbthätigkeit zu fesseln und das vereinsamte Haus mit einem nachwachsenden Ge= schlechte belebt zu sehen. Die Enttäuschung dieser Hoff= nung zumal hatte in Verbindung mit den übrigen Widersprüchen ihrer innersten Art beide in den letzten Jahren mehr und mehr entfremdet, daß Detmar Werne= king eines Tages gesprochen: „Es ist, als habest Du lebig die jugendliche Unbesonnenheit Deines Urältervaters zum Erbtheil überkommen, doch nichts von seinem ernsthaften, tüchtigen Bürgersinne, den er nachmals bewährt, welchem wir die Achtung unseres Namens und den Wohlstand unseres Hauses verdanken." Ueber diese Aeußerung indeß hatte Osmund, wie über manch andere, gleichgültig hingehört und keinerlei Frage daran geknüpft. Dem Willen seines Vaters gehorsam, verbrachte er die Arbeitsstunden des Tages als Beihelfer in der Schreibstube und im Waarenlager, während seine ziellos schweifenden Gedanken und Wünsche nach Vollzug seiner Pflichten dieselben wie lästigen Staub von sich abschüttelten.

Nun aber war der Rathsherr Detmar Werneking unerwarteten Todes verblichen und Osmund fast plötzlich als alleiniger Herr und Leiter des großen Handelsgeschäftes zurückgeblieben. Er stand im Anfang etwas wie betäubt; zu dem Schmerz über den jähen Verlust seines wenn auch innerlich ihm nicht engverbundenen, doch von ihm hochgeachteten Vaters gesellte sich eine ungewisse Rathlosigkeit in Bezug auf die selbständige Weiterführung des Geschäftes. Einige Wochen hindurch trachtete er mit unermüdlichem Eifer bei Tag und Nacht, das Verabsäumte einzuholen; er entwickelte dabei hervorragende geistige Begabung, allein sein rasches Auffassungsvermögen überzeugte ihn zugleich genugsam, daß der alte Buchhalter, den sein Vater hinterlassen, ihm an Umsicht und Erfahrung weitaus überlegen und bei demselben

alles den verläßlichsten Händen anvertraut sei. Diese
Erkenntniß jedoch reichte ebenfalls aus, Osmunds Abneigung gegen den kaufmännischen Betrieb im vollsten
Umfange wieder aufwachsen zu lassen; der sorglichen
Wahrnehmung seiner Interessen versichert, überließ er
dem vertrauenswürdigen Buchhalter vollständig die
Oberleitung und wandte sich seinen Lebenswünschen
zu, von denen er eigentlich sich nicht zu sagen vermochte,
wonach sie strebten und was sie begehrten. Seine Sonderart hatte ihn auch ohne engern Anschluß an Gleich-
altrige seines eigenen Geschlechts belassen, er theilte wohl
ab und zu die Vergnügungen der „Gecken" von der
„Ritterzechheit", doch ohne rechten Anreiz bei ihnen zu
empfinden. Und noch weniger erfüllte der Genuß ihn
mit einer Befriedigung, welche aus der Sättigung neue
Lust zum Wiederbeginn aufkeimen ließ.

So war er, täglich von der Rückkehr unausgefüllter
Stunden heimgesucht, an dem Maiennachmittag im Ver-
laufe müßiger Beschäftigungen an einen alten, von seinem
Vater stets verschlossen gehaltenen Schrank gerathen und
hatte, in einem Winkel desselben aufräumend, eine kleine
hölzerne Truhe vorgefunden, aus der ihm beim Oeffnen
eine Anzahl beschriebener, vergilbter und wasserfleckiger
Blätter entgegengesehen. Das erste wies eine von anderer
Hand vorgesetzte Ueberschrift, die also lautete:

„Niederschrift des Rathsherrn der edlen Stadt

Lübeck, Herrn Dietwald Wernerkin, Ritters, meines in
Gott seligen Herrn Vaters, worinnen derselbe dasjenige,
was er in seinem merkenswürdigen Leben auf Reisen zu
Wasser und Land in fremden Ländern unter vielfältigen
Schickungen und Kriegsfährlichkeiten befahren, von An=
beginn seiner Jugend zum Nutzen und zur Erinnerung
für seines Blutes Nachkommen aufbewahrt, leider aber
durch Gebrechlichkeit des Alters an der Vollendung
solcher getreulichen Anfzeichnung letztlich behindert
worden."

Nicht mit sonderlicher Wißbegier, nur zur Aus=
füllung der träg schleichenden Stunde hatte Osmund
Werneking die alten Blätter mit sich in die Schreibstube
genommen; doch nachdem er einige Seiten derselben
gelesen, war sein Auge nicht wieder von der bräunlich
verblaßten Schrift abgewichen. Draußen hatte die
allmählich niedergehende Sonne ein fast purpurfarbiges
Licht auf die unvollendet gebliebene St. Jürgenkirche
und die orgelpfeifenartigen, reichen Nischenbogen unter
dem Treppengiebel des Wasserthores gelegt, aber der
Lesende sah schon seit Stunden nicht empor; über seine
Wangen war nach und nach eine ebenso glühende Fär=
bung wie auf den alten Bauwerken gekommen, und mit
eilfertigen Fingern wandte er die Blätter um. Erst als
der rothe Glanz draußen verrann und graues Zwitterlicht
rasch auch durch die dicken Buckelscheiben der Fenster

hereinkroch, blickte Osmund wie aus einem Traum um
sich, las noch einmal laut die letzten Worte: „So klang
mir das Lachen König Waldemars Atterdag nach auf
die See von der weißen Düne zu Falsterbo" — und
sprang dann hurtig auf, sich an den Herdkohlen in der
Küche eine Lampe anzuzünden. Mit dieser kehrte er
im Nu zurück, bückte das heiß brennende Gesicht wieder
über die Niederschrift Herrn Dietwald Wernerkins und
las an der Stelle, wo die Dämmrung ihn unterbrochen,
weiter:

„Also fuhr ich in gar armseligem und gebrechlichem
Fahrzeug, wie die Fischer sich eines solchen nur unter
dem Uferhang bedienen, gegen die noch gewaltig hoch-
rollenden Wellen hinaus, und hat Waldemar Atterdag
wohl nicht vermeint, daß ich lebendigen Leibes damit
über die Ostsee gelangen könne. Dessen besaß auch
ich selber ebenso geringen Glauben und Hoffnung, denn
es war mir zu der Stunde Leben und Tod nicht mehr
verschieden, als einem Andern Wachen oder Schlaf.
War's auch weder Furcht vor dem Thurmverließ zu
Helsingborg, noch Prahlsucht meinen Muth kundzuthun,
was mich in das tanzende Schifflein steigen ließ, vielmehr lediglich der Wunsch, an ein baldig Ende zu
kommen, meines und der Königin Elisabeth Leidwesens,
der Trübseligkeit des Erdenlebens und des Hohnes und
der Heimtücke der irdischen Machthaber nicht fürder

gedenken zu müssen. Aber es war Gott gewillt, es anders über mich zu fügen, da er in schier wunder= samer Schnelligkeit, als streiche unsichtbar seine Hand darüber hin, die See beschwichtigte, daß ich noch lange Weile das goldne Haargelock Elisabeths, zuletzt wie ein besonntes Pünktlein am weißen Sande, vor mir gewahrnahm. Schäme mich auch nicht, nieder= zuschreiben, wie ich die Ruder fallen lassen und gleich einem Kinde geweint habe, als es aus meines Gesicht für allzeit zum letzten Mal versunken, und daß ich mit Herzklopfen gedacht, wir hätten beide anders drüben beisammen zu stehen vermocht, wenn wir gewollt. War wohl einen Augenblick gleicherweise über uns beide die Versuchung dazu gekommen, als der Erzbischof und König Waldemar gesprochen, sie sei freien und ledigen Standes, und bin ich sichern Glaubens, es hätte Knud Hendrikson aldann seine Zusage ausgeführt, uns wider männiglichen Unglimpf von seiten der holsteinischen Grafen Zuflucht zu· vergönnen. Da verhalf uns der bessere Schutz Gottes wider die sündhafte Verlockung, daß er Waldemars Atterdag Zunge die schimpflichen und ruchlosen Worte eingab, welche den reinen jung= fräulichen Stolz Elisabeths aus dem Herzen aufhoben, wie ein Sturm die Tiefen des Meeres, daß sie ihres ewigen Heiles gedenkend, ohne weiteres Bedenken redete: Die Kirche hat mich zu König Hakons Gemahl gesprochen,

bis der Tod uns scheidet. Und hat sie damit das
Band der Versuchung, das unser Blick unbedachtsam
zusammengeknüpft, noch zu ausreichender Zeit durchge=
rissen, daß wir, ob auch andern Sinnes, als der lüg=
nerische Mund des Erzbischofs von Lund sich vermessen,
nicht gefrevelt wider Gott und sein Gebot, sondern nur
unser Herz wohl unmäßig beschwert, doch unserer unver=
gänglichen Seele Frieden bewahrt zur Tröstigung über
das Grab hinaus. Denn es gesellte sich alsogleich, wie
Elisabeth so geredet, als ein Schutzengel für uns, wenn
auch in gar jammerwürdiger Gestalt, das Wehklagen
und die Verwünschung Witta Holmfelds darein, daß
sich die ausgelassene Laune Königs Waldemar in finstern
Zorn und Rachsucht verkehrte und uns nicht Frist be=
ließ, mit unsern Gedanken von dem rechten Wege noch=
mals zu irren. Trat es uns doch baß entsetzend vor
Augen, zu welchem Elend sündige Leidenschaft zu führen
vermag, und bin ich wohl der Meinung, daß die in=
grimmige Wuth Waldemars Atterdag zu der Stunde im
Innersten der Scham entsprang, von dem unschönen,
erschrecklich entstellten Weibsbilde vor allen den vorneh=
men Zuschauern bezüchtigt zu werden, er habe sie ehe=
mals mit Liebesworten bethört. Mag ihn auch wohl
einen Herzschlag lang die Gewissensqual schauerlich
angefaßt haben, welches Uebermaß von Reue, Seelen=
marter und irrsinniger Verzweiflung seine Schuld auf

das unglückliche Mädchen gehäuft, das er, als er seinem
Gelüst in zwiefacher Richtung genug gethan, treubrüchig
und gleichgültig von sich abgewiesen. Und ich halte
dafür, wie mir sein innerliches Wesen besser denn
manch anderm offenbar geworden, daß er sie damals
mit gewaltsamlicher Uebertäubung eben solcher schneiden=
den Gewissensqual grausam aus seinem Wege gestoßen,
um von ihrem anklagenden Jammerantlitz befreit zu
werden, gleich als würde er damit auch seines ungeheuer=
lichen Frevels ledig. Wie er denn wohl gewußt, was
es beheiße, sie nach Wisby zurückzusenden, da sie dort
sogleich von den rachesüchtigen Bürgern als Verrätherin
der Stadt und Urheberin alles Uebels lebendig zum
Hungertode in einen Thurm der Ringmauer eingeschmiedet
worden. Und ist die Meinung vieler, es sei ihr nicht
unrecht damit widerfahren, vielmehr nur geringe Buße
für so großes Verbrechen. Solches redet eine rauhe,
wilde, oftmalig erbarmungslose Zeit. Mich will's aber
in der Erinnerung bedünken, daß Witta Holmfeld wohl
der Wahrheit gemäß kein Blut von dem, der sich als
ihr Vater benannt, in sich getragen, sondern nur das
ihres heißblütigen Mutterlandes und ungezügelter ehe=
brüchiger Lust allein. Hätte sie demnach auch nicht in
Wirklichkeit ihre Vaterstadt dem Feinde verrathen, und
ist die sündhafte Schwäche ihr schon mit in die Wiege
gelegt worden, daß sie in ihrem nachmaligen Elend

vielleicht vor dem Richterstuhl des Allprüfenden leichter
gewogen, als vor dem Urtheilsspruch der Menschen.
Freilich wäre es auch nach meinem Bemessen wohl
besser gewesen, sie hätte nicht einem Kinde das Leben
gegeben, daß sich solcherlei zwiefaches Blut nicht weiter
auf Erden forterbe. Das waltet aber allein Gott nach
seinem Rathschluß, der dem Vater des Mägdleins ins
Herz gegeben, dasselbige als ihm angehörig an seinem
Hofe aufwachsen zu lassen. Denn es war König Waldemar Atterbag — er stehet lange vor dem Thron des
Allmächtigen — mit gewaltiger Ausrüstung seines Geistes
von guter und böser Beschaffenheit geartet, daß nicht
leicht zu wägen ist, was er bei seiner Geburt als inner-
lichste Natur empfangen. Obzwar seine Falschheit und
Hinterlist schier zum Sprichwort geworden in allen
nordischen Landen, hat er an mir doch mehrfältig eine
Treue bewährt — mich auch in der Nacht zu Helsingör
durch seine Ladung, als Gast noch auf dem Schlosse zu
verbleiben, vor seinem Ueberfall der hansischen Flotte zu
behüten getrachtet — daß ich nicht beizupflichten vermag,
seine Gemüthsart sei eitel tückisch, eigensüchtig und
ruchlos gewesen. Soll aber nach seinem Tode sein und
Witta Holmfelds Töchterlein zu einer Jungfrau von
ebenso überaus großem körperlichen Liebreiz, als wild-
glühender Leidenschaftlichkeit heraufgewachsen, alsnach
eines nordischen Fürstin Kebsin geworden, jung verdorben

und gestorben sein, weiß keiner von ihr mehr zu berichten. Verhoffe, daß damit die böse Aussaat von der
Stadt Venedig ein Ende genommen.

Ich aber, Dietwald Wernerkin, bin den Tag lang
von Falsterbo aus über die stillgewordene See gerudert
und noch ein Stücklein der Nacht, wußte nicht, wozu
und wohin. Dann indeß ist es über mich gerathen,
daß ich seit fast zweien Tagen keinerlei Nahrung genommen, und hat mich Kraftlosigkeit dergestalt befallen,
daß ich die Ruder hereingezogen, mich im Boote hingestreckt und viele Stunden reglos zu den Sternen auf-
geschaut. Vermeinte nicht anders, ich würde Hungers
auf der See sterben, und fürchtete ich mich auch vor
solchem Ausgang nicht. Dieweil ich aber so unbeweglich
lag, mag, als der Morgen einbrach, das Raubgevögel
der See mich bereits für todt erachtet haben, denn es
versammelte sich eine beträchtliche Anzahl großer Herings-
und Sturmmöven mir zu Häupten, und schossen einige
so begierig dicht auf mich herunter, daß ihr Flügelschlag
mich anrührte und ich halben Leibes zur Abwehr gegen
sie auffuhr. Da gewahrte ich aber westwärts hin über
der See ein weißes Geleucht, das nach meinem Gedächtniß nichts anderes sein mochte als das Kreidefels-
gebirg von Mönnsklint, und ob ich gleich keinerlei Verlangen trug, mein Leben noch fürderhin erhalten zu sehen,
flößte mir doch der Gedanke, es werde sonst balbig eine

Stunde kommen, darin ich gegenwehr=unfähig von den begierigen Schnäbeln der Vögel noch lebendigen Gefühls zerrissen würde, solchen Widerwillen ein, daß ich noch= mals all meine geringe Kraft zusammennahm und wie von dem ersten Strahl der Morgensonne gestärkt den Felsen entgegenruderte. Bin ich auch dort, weiß nicht von den letzten Stunden, etwa um Mittag auf der Insel Mönn angelaufen, doch am Strande, einem Todten gleich, alsofort in den Sand hingestürzt, wo mich Weiber, die auf den Krabbenfang ausgegangen, gefunden und in ein Fischerhaus gebracht. Haben die selber Hunger leidenden, armseligen Leute aber mich Fremden und Hülf= losen sonder Entgelt, den sie von mir erhoffen durften, durch Wochen lang genährt und gepflegt, da ich von der vielen Mühsal in ein bösartig hitziges Fieber ver= fallen, daß mir der Glaube an gute und treue Menschen wiedergekommen und ich letzlich nach meiner Genesung, wenn auch ohne Freudigkeit für mich selber, mein Leben doch noch als etwas Gutes erachtet habe, um nach seiner geringen Kraft etwaig andern, gleicherweise Redlichen damit zu nützen und zu besserm Glück zu verhelfen. Und habe ich dort auch gelernt, es ist kein Unterschied, ob einer ein Deutscher oder ein Däne sei, wenn er menschliche Liebe und Barmherzigkeit unter dem dürftigen, geflickten Wams in der Brust trägt.

Alsdann bin ich auf einem Fahrzeug von Mönn

gegen Lübeck zurückgekommen, wo ich alle Gemüther in
dem blindwüthigen Aufruhr und die ganze Stadt bei
Tag und Nacht so mit unablässigem Gelärm gefüllt an=
traf, wie mancherlei Chronik es seitdem getreulich be=
richtet. Habe auch an dem schlimmen Tage unfern ge=
standen, als genau an der Stelle, wo ich Herrn Johann
Wittenborg zuerst begegnet, als er über die Schwelle des
Raaks gestrauchelt, ihm der Henkersmeister als einem
Verräther an der gemeinen Sache der deutschen Hanse
auf dem Richtblock mit dem Beil den Kopf vom Nacken
abgeschlagen. Herr Johann Wittenborg ist aber sehr
ruhig, aufrecht und stolz zur Richtstatt hinangegangen,
und es hat noch immer ein absonderer Glanz in seiner
Augentiefe gelegen, wie dieselbigen ihn in frühern Tagen
nicht besessen, der geredet, als habe er lang genug gelebt
und der Tod nicht Schreckniß für ihn. Hat mich auch
im Vorüberschreiten zum Gericht wahrgenommen, doch
nicht angesprochen, damit der Haß des Volkes wider
ihn nicht auf mich mitfallen solle. Nur wie er droben
gestanden, ist sein Blick mir kurz noch einmal zugewandt
gewesen und hat sich alsdann auf die Marienkirchthürme
hinübergewandt, daß ich deutlich verstanden, er rede ein
Gedächtnißwort zu mir: nun falle er dem Licht entgegen.
Und so rollte unter dem wildbetäubenden Geschrei von
vielen Tausend Kehlen rundumher sein Kopf, noch jugend=
braun an Haupthaar und Bart, blutig auf die Bretter

herunter, und so hatte sich uns beiden die Hoffnung
erfüllt, mit der wir etliche Jahre zuvor drüben im
Rathskeller zur Geisterstunde unsere Becher auf die Zu=
kunft zusammengeklungen.

Es ist viel geredet worden und in Schrift aus=
gegangen über jene Nacht in dem Königsschloß zu Hel=
singör. Und ist die Meinung im Volke und auch bei
vielen Einsichtigen allgemein, es habe Johann Witten=
borg um die Gunst der verführerischen Königstochter
die hansische Flotte verrathen, daß er beim Weggange
vom Feste wohl gewußt, Waldemar Atterdag sei bereit,
die Schiffe zu überfallen. Was sich in der Nacht heim=
lich auf Helsingörschloß zugetragen, hat kein Ohr und
Auge erkundet, und ob ich mich mit bei dem Feste be=
funden, weiß ich nicht mehr denn andere. Es klingen
mir auch wohl gar besonderlich die Worte Johann
Wittenborgs im Gedächtniß, die er einstmalig zu mir
geredet, die Leidenschaft der Liebe zu einem Weibe sei
eine Krankheit, fährlicher und schlimmer, wenn sie den
Mann im Hochsommer befalle. Das mag ihm wohl
bei dem reizvollen Anblick, der holdlächelnden Kunst und
schmeichelnden Huldigung der Prinzessin Ingeborg ge=
schehen sein, und dieweil er auch nur ein Menschenkind
war, mag eitler Stolz ihn überwältigt und die auf=
wachsende Leidenschaft in ihm genährt haben, daß die
Königstochter von Dänemark dem Bürgersohne von Lübeck

mit solcher Gunsterweisung entgegenkomme. Da hat er
vielleicht wohl mit bethörten Sinnen arglos mancherlei
geredet, was Jngeborg von Dänemark ihm mit listiger
Schlangenzunge von den Lippen gelockt, um es ihrem
Vater kundzuthun, der seinen ränkevollen Anschlag auf
die Künste seiner Tochter gebauet gehabt. Weiß nicht,
ob diese sich letzlich selber dabei betrogen und mit
welcherlei Preis sie ihre Auskundschaft bezahlt. Denn
Johann Wittenborg war ein Mann, mit dem ein
Mädchenherz, auch wenn es einen Fürstenthron als
Wiege besessen, wohl nicht ungefährdet Spiel betreiben
mochte, und es ist öfter ein Ruf ergangen, Prinzessin
Jngeborg, nachmals Herzog Heinrichs von Mecklenburg
Ehegemahl, sei in freudlose Schwermüthigkeit verfallen
bis an ihren frühzeitigen Tod.

Ich vermeine aber, was der hansische Admiral in
Wirklichkeit gefehlt, war nicht wissentliche Schuld, sondern zum einen, daß Schwäche der Eitelkeit ihn verleitet,
allzu gläubig auf König Waldemars und seines Hofes
glatte Artigkeit zu bauen, wie zum andern ein gar großer
und unheilsvoller Kriegsfehler des Feldherrn, daß er zu
viele der Gewaffneten von den Schiffen zur Umlagerung
der Stadt und Veste Helsingborg zusammt allen Bliden
und Feuerrohren ans Land gesetzt. Denn sobald der
Dänenkönig darüber sichere Kundschaft gewonnen, konnte
er mit seiner geringen Schiffsmacht die gewaltige Flotte

zu jeglicher Stunde auch am hellichten Tage ungefährdet
angreifen und überwältigen. Es ist auch in sonstigen
Städten der Hanse nirgend ernstlich von einer ruchlosen
That Herrn Johann Wittenborgs geredet, sondern derselbige nur als ein unglücklicher und zu vorsichtsloser
Heerführer betrachtet worden, gehet wohl daraus hervor,
daß alle abgestanden, eine Anklage auf Haupt und Hand
wider ihn zu heben. Und ist, halte ich dafür, was ihn
also herabgestürzt und zur Richtstatt geführt, lediglich
der Haß seiner Feinde gewesen, vieler der Vornehmen
dieser Stadt, über die er, von der Volksgunst jählings
aufgehoben, kühn und hochfahrend hinweggestiegen. Da
sie nun gar wohl den günstigen Anlaß erkannten, ihn
zu Fall zu bringen, doch aber befürchteten, er möge
eines Tages wiederum über sie die Oberhand gewinnen,
breiteten sie, um ihn sicher zu verderben, den Ruf aus,
er habe um die dänische Königstochter die Dudesche Hanse
und seine Vaterstadt Lübeck schimpfvoll verrathen. Müßte
er, wenn er sich solcher Schuld bewußt gefühlt, wohl
mehr noch ein geistesthörichter Narr als ein Verbrecher
gewesen sein, vom Hofe Waldemars Atterdag gen Lübeck
zurückzukommen. Leichtlich von jeder Böswilligkeit um-
gestimmt aber ist bei großen Unfällen die Gunst der
blinden, wankelmüthigen Volksmasse, denn es schreit der
Unverstand das eine Mal nach einem Götzen und das
andere Mal nach einem Blutopfer, beides sonder Be-

dacht, einzig mit wüthigem Gebrüll. Und also begehrten
sie, daß Einer allein die Schuld an ihrem Ingrimme
trage und büße, und waren der Verdächtigung bereit,
der Burgemeister, den sie selber berufen, habe durch
Verrath das Unheil über sie gebracht. Da derselbige
aber jeglichem als ein Mann von unbestechlichem Sinn
zu wohl bekannt war, daß niemand laut von einem
Sündenlohn an Gold und Gut zu reden wagen durfte,
huben sie das Geschrei, er habe sie um buhlerischen Kuß
Ingeborgs von Dänemark verkauft. Und mußten zumal
geschwätzig die Weiber davon zu berichten, als hätten sie
neben den beiden auf dem nächtigen Söller zu Helsin=
görschloß gestanden.

Solches ist meines Glaubens Meinung über Herrn
Johann Wittenborgs Anschuldigung und vorzeitigen, be=
trübsamen Tod. Sind vierzig Jahre seitdem darüber
weitergegangen, daß ihm fast alle nachgefolgt sind, die
zu der Zeit nach seinem Blute gebürstet. Fühle auch ich
ingleichem, daß ich selber nicht lange Frist mehr haben
mag, ihn und alle, von denen ich auf diesen Blättern
mancherlei niedergeschrieben, wiederum anzutreffen, wo
wir wohl gar vielen Leides nur lächelnd als kurzer
Erdenschatten der ewigen Sonnenherrlichkeit gedenken
werden. Will aber, wovon ich fernerhin Zeugschaft über
mich und andere bewähren kann, nunmehr weiter Bericht
ablegen.“ — —

Osmund Werneting wandte eilig das mit dieser
Zeile schließende Blatt um, doch die folgende Seite zeigte
nicht mehr die nämliche Handschrift, sondern diejenige,
welche die Vormerkung über den Beginn der Blätter
gesetzt, und fügte hinzu:

„Es hat der Schreiber seinen letztwilligen Worten
nicht mehr getreulich zu bleiben vermocht, da er am
andern Morgen nicht frühzeitig nach seinem Brauch in
die Schreibstube herabgekommen, wir ihn vielmehr über
Nacht Todes verblichen in seinem Bett ausgestreckt auf=
gefunden. Und muß er im Schlaf so plötzlich, geruhig
und sonder alle Schmerzhaftigkeit verstorben sein, daß
ich, in der Nebenkammer schlafend, keinen Seufzerlaut
von seinem Munde vernommen. Wünsche mir auch ein=
mal ein so gutes Lebensziel und End'. Und ist er ge=
worden 64 oder 65 Jahre seines Alters, wußte es nicht
genau zu besagen.

Dieser Herr Dietwald Wernerkin, Ritter, ist mein
Vater gewesen, hat ein Handelsgeschäft zu Lübeck in der
Burgstraßen begonnen, mit viel Umsicht, Geschick und
gutem Gewinn betrieben, nachmals aber, wie die Städte
abermalig gegen König Waldemar gerüstet, Haus und
Handel treulicher Hand gelassen, als Ritter und Heer=
führer einer Kogge wiederum mit ins Feld gezogen.
Und ist er durch seine Tapferkeit, Vorsicht und Erfahren=
heit alsbald zum obersten Rathgeber und eigentlichen

Befehlshaber der hanſiſchen Schiffsmacht geworden, daß
die Admirale ſich keiner bedeutſamen Kriegshandlung
ohne ſeinen Entſcheid unterfangen. Hat er infolge Stadt
und Veſte Kopenhagen erobert und in Aſche gelegt, dann
abermals Helſingborg belagert und glücklich eingenommen,
dazu alle feſten Schlöſſer auf Seeland, Fühnen und
Schonen, daß Waldemar Atterbag nirgendwo mehr in
ſeinem Reiche eine Zuflucht gefunden, ſondern verlaſſen
und elendiglich umirrend, nach Deutſchland entflohen und
ganz Dänemark in den Händen der Städte gelegen.
Und ob mein Herr Vater zwar den Dänenkönig nicht
von Angeſicht zu Angeſicht wieder erblickt, hat er alſo
doch ſein letztes Wort bewährt, das er ihm vormals am
Strande von Falſterbo gerufen, es ſei morgen noch ein
Tag und die Dudeſche Hanſe komme wieder. Daß ſie
aber zu ſolcher ſchier unglaublicher Mächtigkeit, Reichthum, Glanz und Anſehen in der Welt emporgediehen,
wie es geſchehen und in alle Zeit andauern möge, das
verdanket ſie zu gutem Theil, ſonder hochfahrende Ueberhebung darf ich's vermelden, meinem Herrn Vater. Und
hat ſich alſo auch Herrn Johann Wittenborgs Zuverſicht
wohl bewieſen, derſelbige möge ſich noch größeres Verdienſt um die Löwenſtadt erwerben. Hat aber ingleichem
dieſe ſolches auch gar achtſam und zu ihrem Vortheil
erkannt, daß ſie nach dem Kriege Herrn Dietwald
Wernerkin, Ritter, in ihren Rath berufen, und iſt er

als erster Rathsherr der Stadt selig verstorben. Nicht
minder arbeitsam und rathesbedacht im Frieden wie auf
dem Heerzug. Denn seit seiner Heimkunft von Venedig
ist allzeit sein Gedanke gewesen, die Seestädte mit den
großen Binnenhandelsstätten von Oberdeutschland in Ge-
schäftsfreundschaft zu einigen und dergestalt den Bund
der Hanse über das ganze Reich weiter zu erstrecken.
Ist ihm auch durch seine geknüpfte Bekanntschaft mit
manchen gewichtigen Kaufleuten zu Leipzig, Regensburg
und Nürnberg gelungen, die Gegenwehr an Recht und
Sicherung herstellig zu machen, wie sie heutigen Tages
zur dürftigen Noth — Gott besser' des Reiches elendig-
lichen Stand! — geordnet steht. Schuldet jedoch die
Hanse ihm sonderlichsten Dank, daß er weit im Binnen-
lande viele bevor noch außerhansische Städte, vor allem
Magdeburg, Erfurt und Breslau zu sicherm Anschluß
an das Bündniß vermocht und klug dahin gewirkt, sie
unter die Ortschaften des Vorranges aufnehmen zu lassen.
Und in weiterm ist auch er es gewesen, der sein Augenmerk insonders auf unsern Kaufhof zu Bergen gerichtet,
sein eigenes Handelsgeschäft dorthin gewandt und zur
Festigung unseres herrlichen Ansehens in der gewichtigen
Stadt das Höchste beigetragen.

Desleiber aber auch — wie mir solches bei Nam-
haftmachung der Stadt Bergen zunächst in den Sinn
verfällt — hat Herr Dietwald Wernerkin, Ritter, noch

bei seiner Lebenszeit mit vielfältigem Aergerniß die große
betrübliche Irrung und Verwilderung sehen gemußt, als
welche bis auf den heutigen Tag reichliches Ungemach,
Schaden und Schändlichkeit über die Seefahrer und
mancherlei Landbewohner gebracht. Will ich, dieweil die
Zeit mir ein gar übles Gedächtniß zu haben bedünkt
und manch einer schon, selbst unwillentlich, den eigentlichen Beginn des heillosen Wesens nicht mehr nach
seinem Anlaß in der Erinnerung behütet, kürzlich an
dieser Stelle davon melden, wie zum Anfang die ruchlose
Plage derer, so sich Vitalienbrüder benennen und leider
zu genugsam bekannt, in die Welt gerathen. Denn als
im Heilsjahre 1389 Waldemar Atterbags Tochter, Königs
Hakon von Schweden Ehegemahl, die Königin Margarethe von Dänemark, welche man Sprengeheft zubenannt,
auch mit der Heidenkönigin Semiramis vom Morgen-
lande in Vergleich gesetzt, den König Albrecht von
Schweden in blutiger Schlacht bei Falköping besiegt und
gefangen genommen, ist doch seine Hauptstadt Stockholm
ihm getreu und anhängig verblieben, zumal durch uner-
schrockenen Muth der in ihr seßhaften deutschen Hansen
und alten Widerzwist derselbigen wider dänische Gewalt.
Und haben sie unter ihrem Heerführer Herzog Johann
von Stargard, Schwestersohn Königs Albrecht, gegen die
Belagerung der Stadt um Beistand bei dem preußischen
Hochmeister und Herzögen von Mecklenburg gerufen, die

wiederum sich um Beihülfe an ihre Landesstädte Rostock und Wismar gewendet, daß selbige schier darob ihre hansische Pflicht thöricht außer Acht gelassen. Dieweil nämlich arge Hungersnoth die Vertheidiger von Stockholm zur Uebergabe an Margarethe Sprengehest bedräuete, haben die Rathmänner zu Rostock und Wismar Schiffe gerüstet, um die Stadt mit Nahrmitteln zu beschicken, wonach die Beihelfer auf den Koggen sich Vitalienbrüder, das ist Viktualienbrüder, zubenannt. Das mochte wohl christlicher Weise und klug geschehen, denn es ist nicht Vertrauen, Friede und Freundschaft mit den Dänen und deutscher Wohlfahrt und wird nimmer sein. Aber es haben die Städte Rostock und Wismar in Unbesonnenheit ohne Vorwissen der gemeinen Hanse gleicher Zeit einen Ruf ausgehen lassen, es sollten sich bei ihnen alle Solche wohlgewaffnet einstellen, welche die darbende Hauptstadt von Schweden mit Zufuhr versorgen und auf eigene Kosten und Gefahr gegen Dänemark und Norwegen abenteuern wollten, um dort zu rauben und zu brennen, würden mit „Stehlbriefen" versehen und ihnen die Häfen offengehalten werden, um ihren Raub zu bergen und nach Wohlbelieben zu verkaufen. Ist aus solcher unvorbedachten Aussaat Bitterböses aufgewachsen. Denn es hat sich alsbald viel waghalsiges und raublüstiges Volk, Edle und Unedle, tolle Gesellen, Schelme vom Rad und Galgen fortgelaufen, zusammengefunden,

gar ruchlos den Vorwand genutzt, Stockholm Hülfe zu
leisten, in Wahrheit frech und freibeuterisch Städte und
Ortschaften, aller Völker Schiffe, ob dänische oder deutsche,
auf dem Meere überfallen und ausgeplündert, einzig
wohlbehutsam die Koggen von Rostock und Wismar stets
verschont und ihre vielfältige Beute in sichern Raub-
höhlen von der pommerschen Küste bis zum Friesland
hin geborgen. Sind immermehr an Zahl und scham-
loser Keckheit angewachsen, daß sie einen gemeinen Bund
zu mehr denn tausend Köpfen gestiftet, allen Handel ver-
wüstet, Herren auf dem Meere gewesen, weit ärger als
angelsächsische, dänische und wendische Seeräuber in alter
Zeit. Haben solcherweise an Uebermacht zugenommen,
daß sie im Heilsjahre 1392 die Stadt Bergen mit Gewalt angefallen und verbrannt, den Bischof von Strengnäs
zu schwerer Auslösung nach Stockholm, englisches und
niederländisches Gut geraubt, auch Herrn Dietwald
Wernerkins Geschäft dort, meinem Herrn Vater, bösen
Schaden zugefügt, den Ruf der deutschen Hanse in ganz
Norwegen verunehrt haben, da man sie als Zugehörige
der Städte erachtet und diesen solche Gottlosigkeit zu-
geschrieben. Zumeist am schlimmsten ist ihr Hausen in
der Stadt Wisby gewesen, die seit Waldemar Atterdags
Ueberfall tief in Unmacht und Niedergang gerathen, sodaß
die Vitalienbrüder sie völlig in ihre Gewalt gebracht,
dort eine große Niederlassung begründet, um ihre Aus-

beute zu theilen, wonach sie sich gemeiniglich „Likedeeler"
beheißen, dieweil sie allen Raub zu gleichen Theilen unter
sich auskehren. So betrübsam ist das Schicksal der vor
eines Menschen Alter noch so mächtigen, edeln und
reichen Stadt Wisby geworden, daß sie schier nicht un=
ähnlich wie die Stadt Bardewiek, an der verlassenen und
gefürchteten Küste von Gotland daliegen soll. Sind aber
die Hauptaufrührer und Anführer der schandbaren Ge=
sippe der Likedeeler zweie mit Namen Godeke Michelssohn
und Klaus Stortebeker, Gott sei dafür gepriesen, man
darf heute berühmen, gewesen, die mehr fast denn Könige,
Fürsten und Feldherren wegen ihrer schier unglaubhaften
Verwogenheit und abenteuerlich wildem Vermessen in den
Mund alles nordischen Volkes gerathen, daß man die
unartigen Kinder mit ihnen schrecket, leider der Unver=
stand aber auch auf den Gassen Lieder von ihnen singet,
als seien nicht eitel Schandthaten, vielmehr rühmliche
Heldenmären von ihnen zu berichten.

Solche Thorheit, große Schadenlegung und arge
Verwirrung hat Herrn Dietwald Wernerkin, Ritter, um
die Ausgangszeit seines Lebens viel sorgliche Bekümmer=
niß zubereitet, daß derselbige, obzwar ansonst allzeit nach
friedfertiger Einigung trachtend, doch von starkem Un=
willen befallen, seinen ganzen Einfluß im Rath der
gemeinen Hanse dahin gesetzt, daß die beiden Urheber
des also schadhaften Uebels, die Städte Rostock und

Wismar, zu gerechter Strafe verhanset würden. Ist
solches auch auf seinen eifrigen Betrieb zu Recht ge=
schehen, daß sie noch bis zum heutigen Tag aus unserm
Bunde ausgeschlossen und als „Klipphäfen" mit dem
Bann belegt sind. Vielerlei Anderes, Gutes und Ge=
meinnützliches hat mein Herr Vater noch erwirkt. Des=
leider aber hat er nicht mehr zu Lebenszeit Kunde ver=
nommen, wie in diesem Heilsjahre durch Wohlverdienst
unserer edlen Bundesstadt Hamburg ein großer Haupt=
streich wider das Freibeuterthum geführt worden. Hatte
Klaus Stortebeker so vieles Ansehen und Reichthum er=
langt, daß ihm sogar Herr Keno then Broke, Gebietiger
um Aurich, seine Tochter ehelich zum Weibe gegeben
und im Verein mit Herrn Hisko, dem Propste zu Em=
den, den Seeräubern allerorten im Friesland gute Frei-
statt und Schlupfwinkel eingeräumt. Darauf jedoch die
Städte Lübeck, Hamburg und Bremen ernstlich gerüstet,
auch Gröningen, Kampen und Deventer sich zugesellt,
viel Raubburgen und Schlösser am Emsfluß mit ihren
Schiffen gebrochen, letztlich die „Bunte Kuh", eine Or=
logskogge derer von Hamburg, die Hauptleute der Like=
deeler und siebenzig Genossen bei der Insel Helgoland
angetroffen und nach großem Widerstreit die meisten
lebendig in ihre Gewalt gebracht. Und sind alsbald
danach Klaus Stortebeker, Gödeke Michels, Wigbold,
ein Magister der Weltweisheit aus Rostock, benebst so

viel andern auf dem Grasbrook zu Hamburg vom Meister
Rosenfeld mit dem Beil gerichtet worden, daß er bis zu
den Knöcheln im Blute gewadet. Trotziglich und gottlos
Alle, wie sie gelebt, aus dem Leben fortgeschieden und
ihre Köpfe am Elbfluß entlang auf spitzige Pfähle auf=
gesteckt. So geschehen am Tage Sancti Feliciani im
Juniusmond dieses Heilsjahres 1402 und verhoffen alle
rechtschaffenen und ehrbaren Leute, es sei damit dem ge=
meinsährlichen und schandbaren Gewerbe der Vitalien=
brüder ein wohlverdienter Ausgang zubereitet, daß die
deutsche Hanse durch sie nicht ferner bei Unverständigen
in Unehre und üblen Ruf falle, als habe sie derlei ruch=
losen Uebelthaten ihre Nachsicht und Gunst zubewilligt.
Solches habe ich hier niedergeschrieben zu meines Herrn
Vaters weiterm Angedächtniß, der sich mehr denn ein
Anderer wider die Missethäter ereifert und ihm wohl
zu vergönnen gewesen, daß er noch von derselbigen
schimpflichen Endziel Wissen empfangen.

Herr Dietwald Wernerkin, Ritter, ist aber unver=
ehelicht geblieben bis zu seinem 42. Lebensjahre, nahe
ein Jahrzehnt nachdem die Königin Elisabeth von Nor=
wegen als Schwester im St. Petrikloster, jungfräulichen
Standes und noch jung ihres Alters, seligen Todes ver=
storben. Und hat auch er bis an sein Absterben das
kleine Goldkreuz auf der Brust getragen, wie an ihm
gefunden. Ist er jedoch um obige Zeit von einer schweren

Krankheit niedergeworfen worden, daß er nicht anders vermeint, es sei sein Letztes, und hat, da er keine Sippe in der Stadt besessen, die ehrsame Jungfrau Barbara Kalver, im Nachbarhaus wohnhaft, sich seiner großen Verlassenheit erbarmt, ihn bei Tag und Nächten in seinem hitzigen Fieber also bewahrt, daß er allein durch ihre Fürsorglichkeit noch dem Tode entgangen. Ist schon in die breißiger Jahre vorgerückt gewesen, behutsam, verständig, gleichfalls ohne Eltern und Sippschaft, nur für andere bedacht. War gern schweigsamen Mundes, doch wenn sie geredet, von gar wohlbesonnenen Worten, und hatte eine liebliche Art, jeglichem zu gefallen. So war mein Herr Vater durch Monde lang an ihr acht= sames Behaben im Haus und freundlichkluge Zwiesprache sehr gewöhnt, daß es ihm hart gefallen, als er von seinem Siechthum auferstanden, sich wieder von ihr zu trennen. Bedünkte ihn sehr einsam, still und frostig im Hause, konnte sie aber doch ehrbarer Weise nicht fürder bei ihm verbleiben. Hat er aber wohl wahrgenommen, daß auch ihr der Abschied schwer falle, ist mit sich zu Rath gegangen, auch Befreundete zugesprochen, daß sie sich nicht wechselseitig unnöthige Vereinsamung und Trost= entbehrniß zufügen möchten. Und ist sie also, obzwar nicht von vornehmer Herkunft, meine liebwertheste Frau Mutter geworden, allzeit arbeitsam, geduldig und sanft= müthigen Herzens und unverändert bis ans Letzte, daß sie immer des gleichen, halb noch jugendlichen Alters zu verbleiben geschienen, und hat ein still-anmuthiges Lächeln gehabt, das oftmals in trüben Tagen wie ein Sonnenschein im Hause gewesen. Desleider allzu früh, da ich 16 Jahre worden, in die Ewigkeit eingegangen, bin der einzige Sohn verblieben. Mein Herr Vater aber ist, nachdem sie ihn verlassen, in große Traurigkeit verfallen, hat sein Gemüth in den letzten Jahren mehr denn zuvor einer tröstlichen, gestrengen Gläubigkeit zugewendet, wie es wohl aus seiner Niederschrift zu öftern Malen ersichtbar wird. Hat vielmals von Elisabeth und meiner Mutter zusammen geredet, als seien sie beide ihm Eines geworden in der Vorstellung und der Hoffnung, sie wieder anzutreffen. Und ist also, wie ich obigen Orts vermeldet, aus dem Leben ausgeschieden am 13. Tage des Brachmondes dieses Heilsjahres 1402, glaube, gern gestorben. Hat viel Ungemach, Aergerniß, und Trübsal befahren, doch reichlich Ansehen, Ehren und Ruhmwürdigkeit dazu, letztlich mit meiner Mutter gute Jahre genossen, mir großen Wohlstand hinterlassen. Gott schenke ihm die ewige Seligkeit!

Dieses habe ich, Thedmar Wernerkin, alsbald nach seinem Absterben zur Ausfüllung seines Lebensberichtes kürzlich zugefügt, gedenke dereinstmals, wenn ich seines Alters werde, über mich selber fortzufahren. Weiß aber keiner vorher, was geschehen soll. Ist eine unwirsche,

wilde Zeit, einzig Getröstung darin, daß noch niemalen
solche Hochmächtigkeit der gemeinen Hanse vor Augen
gestanden, herrschet von Nowgorod im Russenlande bis
nach Brügge schier über alle nordischen Reiche, vermag
kaum noch höher zu steigen. Bewahr uns der Beistand
Gottes vor Hoffart, Uebermuth und Unrechtfügung und
lasse mich, und wenn er mir Söhne verleihet, getreulich
auf meines Herrn Vaters, selig, Wege fortgehen.
Amen."

Als Osmund Werneking, oftmals nicht ohne erheb=
liche Beschwerniß, die Schriftzüge beim dunstigen Ge=
flacker der Lampe zu unterscheiden, bis hieher gelesen,
war es ziemlich späte Nacht geworden. Das Blatt
aber, welches seine Hand noch hielt, machte das letzte
Stück der alten Schriftlegung aus, es folgte keines
mehr darein. Herr Thedmar Wernerkin mußte nicht dazu
gelangt sein, die von ihm gesprochene Absicht in spätern
Jahren zu vollführen, oder ein anderer Ort solche Hinter=
lassenschaft von ihm aufbewahren.

Thedmar Wernerkin war der Aeltervater Osmunds
Wernekings gewesen, das wußte dieser, doch kaum mehr
als den Namen und daß derselbe zwei Söhne hinter=
lassen, Wisimar und Detmar. Von ihnen hatte der
erstere das väterliche Handelsgeschäft in der Burggasse
zu Lübeck fortgeführt, Detmar, der jüngere, sich nach
Wismar gewandt und hier eigenen kaufmännischen Be=

trieb begonnen. Weiter reichte das Wissen Osmunds
nicht, sein Vater hatte niemals mit ihm über den Bruder
geredet. Es schien zwischen beiden eine frühzeitige Ent-
zweiung und Entfremdung eingetreten zu sein, daß sie
fernerhin keinerlei Zusammenhalt der nahen Verwandt-
schaft mehr bewahrt. Doch auch sonst hatte sich Herr
Detmar Werneking stets karg an Aeußerung über die
Vorfahren seines Geschlechts erwiesen, seinem Sohne von
der Niederschrift Dietwald Wernerkins niemals etwas
kundgegeben, dieselbe vielmehr ersichtlich mit Achtsamkeit,
als besorge er Gefährliches darin enthalten, allzeit unter
sicherm Verschluß geborgen.

Die Wangen und Schläfen Osmund Wernekings
aber brannten, nachdem er jetzt die Blätter bis zum
Ende gelesen, mit so heißem Roth, als ob der Meinung
seines Vaters, es möge gerade für ihn eine fieberregende
Schädlichkeit in der alten Schrift enthalten sein, wohl
Berechtigung innegewohnt. Ein Glanzgeleucht war in
seine Augen gekommen, die noch einmal zu dem Beginn
des Lebensberichtes Dietwald Wernerkins zurückkehrten,
wie derselbe mit zwanzig Jahren Hab und Gut und
Väterheimat hinter sich gelassen und als fahrender Mann
von Barbowieck in die Welt hinausgezogen. Offenkundig
hatten zwei Naturen in ihm verweilt, eine des alten
ritterbürtigen Blutes, das ihn keck mit Schild und Speer
zur Weite, auf streitbare Umfahrt drängte, und andere

daneben, aus deren Keim nachmals der feßhafte, bedacht=
same Handelsherr und Lübecker Rathsherr aufgewachsen.
Und es kam Osmund, daß sein Vater allein diese letz=
tere Natur geerbt habe, während er selber die erstere
überkommen und von Kindsbeinen auf in sich getragen.
Dann ging es ihm weiter durch die Gedanken, ob etwa
seinem Oheim Wisimar auch dieses gleiche Erbtheil ge=
fallen und daraus der Zwiespalt und die Scheidung
zwischen den beiden Brüdern erwachsen sein möge. Solches
Umherdenken aber füllte ihn mit eifriger Begier, auch
über das Leben und die Sinnesrichtung seines Aelter=
vaters weiteres in Erfahrung zu bringen; er sprang
plötzlich auf und suchte in allen, bisher von ihm unbe=
achtet gelassenen Schrankwinkeln und Schubfächern nach
der verheißenen Schriftfortführung Herrn Thedmar Wer=
nerkins. Doch fand sich eine solche nirgendwo, auch
nicht, als der Nachforschende ein ihm noch unbekanntes
Geheimfach entdeckte, das allerhand werthvolle Pretiosen
barg. Sein Blick ging ziemlich gleichgültig darüber hin,
und es war Zufall, daß sein Augenmerk auf einem
schlichten Kästchen zwischen dem Geglitzer edler Steine
haften blieb und seine Hand den Deckel abhub. Da lag,
an einer Schnur befestigt, ein kleines goldenes Kreuzchen
darin, in dessen Mitte, von einem Blätterkranz um=
schlossen, ein E eingegraben stand.
Nun saß Osmund Werneking wieder an dem braunen

Eichentisch. Er hielt das Goldkreuz in Händen und sah mit gar eigenthümlich glanzvollen, weit geöffneten Augen drauf hinab. Dann las er wieder in der alten Schrift, wie Elisabeth von Holstein auf der sonnigen Heide bei der Burg Arensfeld Dietwald Wernerkin dieses Kreuzchen zum Andenken gegeben.

Vom Rathhause zu Wismar her kam ein neuer Klang für die Zeit durch die ruhige Maiennacht. Die Uhr, welche der Rath sich für große Anzahlung durch eine Schiffsgesandtschaft aus der Stadt Padua im italischen Land vor kurzem erst hatte erholen lassen, schlug die Mitternachtsstunde. Osmund Werneking horchte mit glühendem Angesicht auf und vermurmelte:

„Es ist die Stunde der Geister, wie vor einem Jahrhundert in ihr mein Urältervater zu Lübeck mit Johann Wittenborg die Becher widereinander geklungen. Sie haben damals noch vom Schlag der Glocke nicht gewußt, aber mich bedünkt, ihre Geister sind lebendig um mich zur heutigen Mitternachtstund."

Manchmal sah er lang wie in ferne Weite vor sich hinaus, dann las er wiederum, der fiebernde Strahl zwischen seinen Lidern überblitzte die alte Schrift. So wiederholte er nochmals das Lesen derselben bis zum letzten Abschied Dietwald Wernerkins am Dünenstrande von Falsterbo. Da schlug die Uhr zweite Morgenstunde, und Osmund Werneking hielt inne. Er sah auf und sprach lauten Mundes:

„Es ist doch wohl ein Tropfen andern Bluts noch in mir als in seinem. Ich hätte nicht von ihr gelassen — wenn du mir das Kreuz gegeben, Elisabeth, kein König und kein Kloster hätte dich mir nehmen gesollt!"

Er bückte plötzlich die Stirn nieder und küßte das kleine Goldkreuz. Es lag ehrerbietige Scheu und ein schwärmerischer Ungestüm darin, wie seine Lippen dasselbe berührten. Dann befestigte er sich rasch die Schnur um den Nacken, barg es an seiner Brust und suchte seine Lagerstatt auf.

Doch der Schlaf kam nur mit einem kurzen, unruhvollen Traum über seine Augen, oftmals stieß er in ihm laute Worte hervor. Im Frühlicht stand er schon wieder angekleidet, anders als am Abend vorher, wie zu einer Reise gerüstet. Dann begab er sich zu dem alten Buchhalter und sprach: derselbe möge mit Vollmacht getreulich während seiner Abwesenheit schalten, er habe über Nacht erwogen, daß es der günstige Fortgang seines Handelsgeschäftes von ihm heische, selber einmal Nachschau im Kaufhof zu Bergen zu halten; wann er heimkehre, wisse er heut noch nicht zu sagen. Der Alte hörte verwundert die unbereitete Botschaft, doch lag wohl zweckdienlicher Antrieb zu solcher Fahrt für den Besitzer des Geschäfts in der Luft, denn es kam seit Jahren manche Kunde von Norwegen herab über tolles und unverständiges Gebahren, das im Kaufhof zu Bergen der Hanse

oftmals Schaden und Unehre zufüge. So gelobte der
Buchhalter, mit treulicher Pflicht Haus und Handel
seines Herrn in Obacht zu halten, und bereits um eine
Stunde später verließ Osmund Werneking seinen statt-
lichen Wohnsitz in der Dankwardsstraße und zog durch
die hochübergiebelten Gassen seiner Vaterstadt davon.
Er wandte sich aber nicht durch das Wasserthor dem
Hafen zu, sondern zu Roß aus dem Pölerthor auf den
im Halbrund die Stadt umschließenden Hügelkranz hinauf.
Da hielt er und warf noch einen Blick über die vielen
Thürme, Zacken und Zinnen des stolz-bevorrechteten
Hansebundgliedes, die himmelblaue Seebucht dahinter und
die smaragden schimmernde Insel Pöl zurück, dann winkte
er lachend mit der Hand gar leichtgesinnten Abschied und
ritt westwärts auf der Landstraße nach Grevismühlen
weiter. Wie er, wohlgewandt als Reitersmann, so im
Sonnenschein dahintrabte, war's in manchem, als sei
Dietwald Wernerkin aus dem Grab gekehrt und ziehe
nach einem Jahrhundert wiederum jung und keckgemuth
in die Welt hinaus. Sein blondes Haar war's und
im Großen die nämlichen Züge des Gesichts, nur die
Gestalt darunter wies nicht völlig so kraftvollen Wuchs
und nicht schwere, kriegerische Rüstung. Wohl war auch
sein Urenkel, wie es noch ebenso unerläßlich außer-
halb der Stadtmauern, mit Waffen und Wehr gut
versehen, doch er trug unter dem farbig verbrämten

3*

Mantel nur ein feinmaschig, enganschmiegsames, blau=
schuppiges Panzerhemb, einen leichten federüberwallten
Stahlhelm auf dem Scheitel und neben dem langen
Schwert in silberner Scheide, an der andern Seite des
Sattels hängend, ein kaum längeres Faustrohr von ita=
lischer Kunst aus der Stadt Velletri, so leichter Art,
wie zu Wismar noch keine zweite Hackenbüchse gesehen
worden. Dieselbe war eine ebenso große Kostbarkeit, als
für einen Reiter wenig nutzbar, da ein unvorgesehener
Angriff ihm zu ihrer umständlichen Handhabung schwer=
lich Zeit beließ. Aber ein Jahrhundert hatte die Sicher=
heit im Wendland sehr zum Bessern gewandelt, daß kein
Burgritter und selbst kein mecklenburgischer Herzog sich
unterfangen mochte, einen Bürger der mächtigen Städte
Wismar und Lübeck auf der Landstraße zwischen ihnen
mit offener Gewaltthat zu überfallen, da die Hanse mit
Wegelagerern nicht Spaß verstand, gleichviel ob sie aus
dem Strauch oder dem Schloß entstammten, und manch
edler Kopf schon sein Gelüst an Kaufmannsgut unter
dem Beil eines städtischen Freimeisters gebüßt hatte.

Gegen die hochragenden Thürme der Löwenstadt
aber ritt auch Osmund Werneking heut, wie einstmals
sein Urältervater es gethan. Nur wußte er, zu welchem
Behuf er dorthin zog, und trug reichlichen Vorrath von
Goldgulden in seinem Gurt. Und nur besaß sein Ant=
litz keinen mädchenhaften Anflug, die bartlose Lippe er=

schien zuversichtlicher gewölbt, in seinen noch blauen, doch
beträchtlich dunklern Augensternen lag nicht der träume-
rische Schimmer, den Dietwald Wernerkins Wimpern
einst überschattet, und obwohl die Lerchen, grad wie vor
einem Jahrhundert, singend um ihn zum Maihimmel
aufstiegen, gab sein Ohr und Blick nicht auf sie Acht.

Der Weg von Wismar an die Trave war für sein
gutes Pferd nicht weit und er traf noch am hellen Spät-
nachmittage ungefährdet am Burgthor zu Lübeck ein.
Gleich hinter jenem lud ihn eine Herberge zur Ausrast,
und er befragte den Wirth nach Herrn Wisimar Wernekings Haus und Handelsgeschäft in der Burgstraße.
Doch wußte derselbe keinerlei Auskunft darüber und
meinte, er habe niemals von einem solchen in der Stadt
vernommen, gewißlich aber sei der Ausgekundete nicht in
der nämlichen Straße mit ihm ansässig. Die gleiche
Erwiderung empfing Osmund von mehr denn einem
Nachbarn der Herberge, bei denen er seine Umfrage fort-
setzte, bis ein höher Bejahrter nachsinnend sich im Gedächtniß wachrief, daß in seiner Jugendzeit vor dreißig
Jahren oder mehr ein Herr Werneking, Sohn und Ge-
schäftsnachfolger Herrn Thedmar Wernekings, Rathherrn,
selig, in der Burgstraße wohnhaft gewesen. Doch eines
Tages sei derselbige aus der Stadt Lübeck verschwunden,
habe Haus und Handel verkauft, seitdem verschollen,
keiner wisse mehr irgend eine Kunde von seinem Bleiben,

muthmaßlich längst verstorben, seines Alters müsse er sonst jetzt etwa sechzig Jahre sein.

Das vernahm Osmund Werneking nicht minder hocherstaunend, als zu nicht geringem Leidwesen, denn obwohl er seinen Oheim nicht kannte und seiner bisher kaum jemals als eines noch Lebenden gedacht, hatte sich seit dem Abend zuvor die Muthmaßung in ihm befestigt, derselbe müsse durchaus andern Sinnes und Wesens sein, als sein Bruder Detmar wohl von jung auf bis zu seiner Todesstunde gewesen. Auch hatte es ihn mit einem heimlichen Gefühl angemuthet, nicht völlig ohne jegliche Sippe und Blutszugehörigkeit in der Welt zu stehen, und er schritt, etwas niedergeschlagenen Gemüths, durch die fremden Gassen der Stadt Lübeck umher. Dann aber kam's ihm, daß er ganz so in gleichem hier um= wandere, wie Dietwald Wernerkin es einstmals auf den nämlichen Steinen und wohl an vielen der nämlichen Häuser vorüber gethan, nur mit gar gewichtigem Vorzug vor jenem an Gut und Geld in seinem Säckel. Er sah die hohen Zwillingsthürme der Marienkirche und darunter auf dem Marktplatz die Richtstatt, von der Johann Wittenborgs Kopf herniedergerollt, und es fiel in der abendlichen Dämmerung zum ersten Mal etwas über ihn, das ihm bis dahin fremd gewesen, er wußte keinen Namen dafür, mit sonderbarem Schauer lief es ihm durch's Blut. Allgemach ging er halb wie in Traum=

verlorenheit, als ob er wohl er selber, doch zugleich auch
sein Urältervater sei, der wieder ins Leben zurückgekommen
und mit seinen Sinnen umblicke und horche. Oft
schaute er vor sich hinunter, als müßten die Spuren desselben ihm noch aus dem Stein, darauf er den Fuß
setzte, heraufnicken, und wie das Nachtdunkel einbrach,
stieg er in den Rathsweinkeller nieder. Der hatte grad
so gelegen, und die Bürger der Löwenstadt, alte und
jüngere, saßen ebenso, redend und trinkend an den Tischen
und gleicherweise theilnahmlos und fremd für den jungen
Ankömmling. Manchmal tönte von einem abgesonderten
Gewölbe nebenan, der Orlogsstube, lauter Becherklang,
und er vernahm aus der Zwiesprache der Umsitzenden,
daß dort viel vornehme Gäste seien, Herzöge aus Mecklenburg, Brandenburg und Sachsen, Grafen und Ritter,
die der Ankunft des Königs Christoph von Dänemark
in Lübeck für den nächsten Tag harrten, um in der
Stadt auf dem Kloster bei der Burg eine festliche Zusammenkunft mit ihm zu halten. Osmund Werneking
hatte einen Tisch in dämmernder Ecke für sich gesucht, vielleicht konnte es derselbe sein, an den sich Dietwald Wernerkin einstmals gesetzt und im heißen Südwein seine
Muthlosigkeit zu goldigen Hoffnungsbildern umgebadet.
Doch sein Nachkomme war besser im Trunk erfahren
und vermochte manchen Becher auszuleeren, ohne eine
Wirkung davon zu verspüren. Dann ward es mählich

wohl ebenso um ihn stiller und verlassener, auch der
fürstlichen Gäste Gelärm drüben war verklungen, aber
Johann Wittenborg kam nicht, ihm mit einer Ansprache
die Hand auf die Schulter zu legen. Nur geisterhaft
lagen die alten Bogenwölbungen, hier und da noch von
einem unbestimmten Laut wiederhallend, der an ihnen umlief, als töne er aus ihren Fugen eingemörtelten Stimmenklang hervor. Und zuletzt flutete doch der Wein durch
Hirn und Herz Osmund Wernekings, daß er sich, wie
ein Aufwachender, fast lachend sprach, er sei ja nicht
sein Ahnherr und bedürfe keiner Beihilfe wider Klein-
muth und Trostlosigkeit. Und er sei nicht über die
Sonnenheide gekommen, daß es ihm das Herz bedrücke,
von ihr weit in ferne Fremde hinauszuziehen, vielmehr
treibe ihn ein ungestümes Verlangen aus der heimath-
lichen Welt in unbekannte andere, nach Wind- und Wellen-
gebrause. Aber seltsam blieb's dabei, daß das goldene
Kreuzchen auf seiner Brust nach einem Jahrhundert zum
andern Mal hier an derselben Statt verweilte, das einzige, was aus jener Zeit verblieben, derweil Alles, was
es damals gewahrt, sich lang ins Grab gelegt und in
Staub zerfallen, heißklopfende Menschenherzen mit Liebe,
Haß, Arglist und Ehrfurcht. Es war ihm, als habe sich
etwas wunderlich an seinen Sinnen und seiner Seele
verwandelt, seitdem er die Schnur des kleinen Kreuzes
um seinen Nacken gelegt, als sehe er alle Dinge um sich

her mit andern Augen und höre mit anderm Ohr. Das mochte wohl der Wein wirken, dessen feurige Kraft er jetzt doch empfand; er trank den letzten Becher und lächelte, das Kreuz mit der Hand fassend: „Elisabeths Lippen küßten dich und redeten: Bring' ihn wiederum zurück wie heut'. Du hast's wohl nach dem Wort gethan, doch ich hoffe, du geleitest mich zu besserer Fahrt nach Falsterbo."

Er stand auf und ging, als der letzte, etwas auf den Füßen schwankend, der Ausgangstreppe zu. Vor einem der leeren Tische neigte er sich, seinen befederten Helm vom Haupte ziehend, und sprach mit etwas rausch= glänzenden Augen, doch ernsthaften Mundes:

„Gute Nacht, Herr Wittenborg; habet Dank für Eure Gesellschaft. Wenn Euer Blick heut' die Dudesche Hanse gewahren könnte, möchtet Ihr wohl die Geister= stunde hier noch ausharren und guten Freudentrunk thun. Habet zu tief in Nixenaugen geschaut, die fürcht' ich nicht, durch den Sund zu fahren. Und waret ein hochmächtiger Herr und Gebieter, Herr Admiral, aber Ihr seid todt, und ob mich keiner ansieht hier und meine Gunst begehrt in der Welt, trag' ich noch lebendigem Kopf auf mir, dessen freu' ich mich mehr. Schlafet ge= ruhsam! Weiß nicht, ob Ihr irgendwo zusammen ver= weilet mit meinem Urältervater. Dann begrüßet ihn, ich trüg' sein Amulet auf der Brust vor Waldemar Atterdags falschem Blut."

Durch die Breitestraße wanderte Osmund Werne=
king hallenden Schrittes über den Kuhmarkt zur Burg=
straße hinüber. Er blickte an den hohen Giebelhäusern
empor und sprach laut:

„Aus welchem von euch schaute Wismar, mein
Ohm, herab? War Dietwald Wernerkins junges Blut
in ihm, daß er übleres Geschick an der Babareskenküste
befahren? Oder sitzt er noch am Rialto zu Venedig mit
einer Landsgenossin von Peter Holmfelds schwarzlockigem
Weibe am Herd? Ihr seid worteskarg wie die Todten!
Wenn meines Ahnherrn Hand nicht geredet, wer wüßte
noch von dem, was gewesen?“

Trotz seiner späten Heimkunft hob er sich am
Morgen schon mit dem ersten Licht in der Herberge
vom Lager. Er traf äußerst günstigen Zufall, daß im
Flußhafen eine Kogge vollbereit lag, um nach der Stadt
Bergen unter Segel zu gehen, und schon um wenige
Stunden nachher drehte sich hinter ihm das von der
Sonne vergoldete Burgthor Lübecks mit den Krümmungen
der Trave im Kreise, wie einst vor Dietwald Wernerkins
rückgewendetem Blick. Langsam zog das hochmastige
Schiff scheinbar über das grüne Land fort, da kam dem
heutigen Fahrgast der Kogge das Gedächtniß, daß der
junge Schützling Johann Wittenborgs damals beim Ab=
schied von den Thürmen der Löwenstadt das kleine Gold=
kreuz genommen und seine Lippen darauf gedrückt.

Lächelnd, von der Erinnerung geregt, that er das nämliche; im nächsten Augenblick jedoch horchte er verwundert auf. Aus der blauen Luft über ihm kam ein Klang herab, und wie er den Kopf hob, stand ein dunkles Pünktchen ihm zu Häupten im Sonnengeflimmer. Und zum ersten Male gelangte es Osmund Werneking deutlich ins Bewußtsein, daß sein Ohr den hellen Frühlingsschlag einer Lerche vernahm.

* * *

Ein Jahrhundert ist seit Dietwald Wernerkins Ausritt von Barbowiek auch über die Länder, Völker und Throne der nordischen Welt hingegangen. Der zweite Kriegszug der Hanse im Bunde mit den holsteinischen Grafen und dem Herzog von Schleswig hat Waldemar Atterbag zur Flucht aus seinem Reich gejagt, erst nach drei Jahren zurückgekehrt, ist er im Herbste 1375, ohne einen Sohn zu hinterlassen, auf Schloß Gurre gestorben. Zwei seiner Enkel haben sich den Thron Dänemarks streitig gemacht, Herzog Albrecht von Mecklenburg, der Sohn seiner Tochter Ingeborg und Herzogs Heinrich von Mecklenburg, und Oluf von Norwegen, der Sohn König Hakons und Margarethens, Waldemars Atterbag jüngerer Tochter, welche Elisabeth von Holstein vom Throne Norwegens verdrängt. Dann hat Margarethe die Herrschaft für ihren erst fünfjäh-

rigen Sohn zu erringen gewußt und ist, als Oluf bald
darauf plötzlich gestorben, da auch König Hakon ihm
nachgefolgt, Königin von Dänemark und Norwegen ge=
worden, während Albrecht von Mecklenburg die Krone
Schwedens erlangt. Doch von dem schwedischen Volke
gerufen, hat Margarethe, „die Semiramis des Nor=
dens", durch die Beihülfe der deutschen Hanse ihren
Neffen mit Waffenmacht gestürzt, auch die schwedische
Königskrone zu den andern auf ihr Haupt gesellt und
die drei nordischen Reiche durch die „kalmarische Union"
unter ihrem Scepter vereinigt. Und nicht minder ist
es der Kinderlosen gelungen, ihren Großneffen Erich
von Pommern als Nachfolger in Dänemark, Norwegen
und Schweden anerkennen zu lassen. So hat König
Erich nach dem Tode seiner Mutter im Jahre 1412
neununddreißigjährig den Thron der drei Reiche be=
stiegen. Er ist ein Sohn Herzogs Wratislaw von Pom=
mern und Enkel Ingeborgs von Dänemark, durch die
das Blut Waldemars Atterdag in seine leiblichen Adern
übergegangen, doch mehr noch in Hirn und Herz. Ihm
fehlt das Gewaltige seines Urältervaters, der große, be=
zwingende Zug im Edlen und Unedlen. Doch in klei=
nerm Maßstab ist er nicht minder falsch, habgierig und
rachsüchtig; er prahlt mit hochfahrendem Uebermuth auf
seine königliche Hoheit, Macht und Glanz, dem Schwä=
chern gegenüber frech und herrisch, weicht er muthlos

vor wirklicher Gefahr zurück. Im Gang der Jahre
bricht Graf Heinrichs des Eisernen von Holstein alt=
grimmiger Haß gegen das bänische Herrscherhaus in
seinen Söhnen wider den neuen König los und ver=
nichtet das Heer besselben unfern der Stabt Flensburg.
Erich von Dänemark entsagt zu Gunsten des Nach=
folgers Heinrichs, des Grafen Adolf des Achten von
Holstein und letzten seines Geschlechtes, jeden Anrechts
auf das Herzogthum Schleswig; feig, wortbrüchig und
grausam, verliert er von Jahr zu Jahr mehr in seinen
drei Reichen die Achtung bei Hohen und Niedrigen. Im
Jahre 1437 wird er von den Reichsräthen Schwedens
und Norwegens, 1439 von denen Dänemarks der Krone
verlustig erklärt. Er macht keinerlei Versuch, seine Herr=
schaft zu behaupten, entwendet nur bei Nacht die Reichs=
kleinodien nnd flüchtet zu Schiff nach der von Seeräubern völlig in Gewalt gehaltenen Insel Gotland.
Von wild=unlöschlichem Haß gegen Dänemark beseelt,
verbündet er sich dort mit den Vitalienbrüdern und rüstet
Koggen, um an den bänischen Küsten zu plündern,
rauben nnd brennen. Dann, über die Mitte des Jahr=
hunderts, ist er verschollen.

An seine Stelle beruft der bänische Reichsrath im
Herbst des Jahres 1440 den Sohn seiner Schwester
und des Pfalzgrafen Johann von Neuburg=Sulzbach,
Herzog Christoph von Baiern, als „König der Dänen,

Wenden und Goten" auf den erledigten Thron, und nach einem Jahr folgen Schweden und Norwegen in der Anerkennung desselben nach. So wiederholt sich die Vereinigung der drei Reiche unter einem Scepter. Doch König Christoph besitzt keine Kinder und nicht Aussicht, noch einen Thronerben zu erhalten. Obwohl von Vätern her deutscher Abkunft, steckt doch in seinem Blut, das in weiblicher Folge auch von Waldemar Atterbag stammt, ein glühender Haß wider die deutsche Hanse. Er ist von wenig gewinnender, in sich verschlossener Natur, ohne Vertraute, niemand erfährt seine Gedanken, eh' er sie ins Werk setzt.

Dergestalt hat der Lauf eines Jahrhunderts die großen Verhältnisse im Norden und die Oberlenker derselben umgeändert. In den skandinavischen Reichen steht die Dynastie Waldemars Atterbag, in Holstein diejenige Graf Geerdts des Großen nur mehr auf zwei Augen, beide sind dem Erlöschen verfallen. Gewaltig ausgedehnt dagegen hat sich der Bund der deutschen Hanse. Er ist gleichmäßig in die Breite und die Tiefe gewachsen; von Nowgorod, Dorpat und Riga spannt sich sein Bogen über Danzig, Thorn, Krakau und Breslau bis nach Köln, Gent, Brügge, Antwerpen, Amsterdam hinüber. Südwärts ins Binnenland des Reiches erstreckt sich der Verband ungefähr an eine Mittellinie zwischen den Alpen und der Nord= und Ostsee, fast

ausnahmslos gehören die Städte der niederdeutschen Tief=
ebene, des Harzes und Westfalens der Hanse an. Von
Jahr zu Jahr steigert sich dadurch die Unabhängigkeit,
in welche die Mitgliedschaft des mächtigen Bundes sie
ihren Landesherren gegenüber versetzt. Wo die letztern
den Versuch machen, ihren ehemaligen oberherrlichen
Rechten wieder volle Geltung zu erringen, begegnen sie
den scharfstachlichten Kettengliedern und dem eisernen
Willen der Hansa, die keine gemeinsame Unterstützung
von Handelsinteressen mehr darstellt, sondern einen festen
Zusammenschluß der ganzen städtischen Gemeinwesen zu
Schutz und Trutz, Abwehr und Angriff. Weitaus der
Mehrzahl nach entrichten die Städte ihren Territorial=
fürsten nur einzelne Gefälle und Jahresabgaben, im
übrigen schalten sie mit völliger Freiheit, halten jenen
ihre Thore verschlossen, führen nach eigenem Bedünken
Krieg und schließen Frieden. Denn unablässig sind auch
jetzt, wie vor einem Jahrhundert, die Fehden allüberall.
Fast jammervoller als einer seiner Vorgänger, hat im
Jahre 1440 der Habsburger Herzog Friedrich von
Oesterreich als Friedrich IV. den deutschen Kaiserthron
bestiegen und hält denselben über ein halbes Jahrhundert
wie in nachtwandelnder Schlafsucht inne. Unter seiner
Herrschaft theilen sich der Osten, der Süden und Westen,
der Osmanensultan, der Papst und der König von
Frankreich gleichmäßig in Beutestücke des deutschen Reiches.

Alles in Oberdeutschland ist Muth= und Hülfslosigkeit,
Vereinzelung und Verwilderung, Schimpf, Noth und Ver=
fall, denn die Glieder sind lahm und schläfrig wie das
Haupt, das bei jedem neuen Verlust statt der Arme nur
Thränen besitzt. Einzig die Hanse steht als Schild
und Schwert im Norden des Reiches. Sie ist hundert=
köpfig, doch von einem gemeinsamen Gehirn regiert, das
nach wie vor in den Mauern Lübecks arbeitet. Dort
fassen zumeist die „Hansetage" ihr Beschlüsse über wich=
tige gemeine Angelegenheiten, und jedes Bundesmitglied
ist bei Strafe der „Verhansung" zur Nachachtung
derselben verpflichtet. Sonst treiben die Städte viel=
fältig kleine Politik auf eigene Hand, brechen Raub=
burgen in ihrer Nachbarschaft nieder, schließen Separat=
bündnisse wider Anmaßung und Habgier dieser und jener
weltlicher und geistiger Herren, wechselnd mit Vortheil
und Schaden. Doch erst wo der prüfende Blick von
Lübeck aus in dem Letztern Gefahr und Bedrohniß
für die Gemeinschaft erkennt, tritt die Hanse, gleich
der Stimme des Achill im Gedränge um die Leiche des
Patroklos, hervor, und es wird still auf dem Kampf=
platze. Schwerwuchtig aber vor allem liegt ihre Löwen=
tatze auf den skandinavischen Reichen. Dort hat sie
Könige ein= und abgesetzt, sich oberste Handelsprivilegien
in allen Häfen mit dem Schwert erzwungen, hält rings=

hin starke, meerbeherrschende Burgen in ihrem Besitz.
Die Zeit beugt sich nur unter die Herrschaft der Gewalt,
und mit dieser behauptet die Hanse ihre erkämpften Rechte;
doch fraglos geht sie an manchen Orten darüber hinaus
und erdrückt mit hochfahrendem Kraftbewußtsein und schran=
kenloser Gewinnsucht hart und herrisch das Recht Anderer.

In einem jedoch hat sich die hoffnungsvolle Vor=
aussicht der Niederschrift Herrn Thedmar Wernerkins
getäuscht, daß mit der Enthauptung Klaus Stortebekers,
Gödeke Michaels und ihrer Genossen auf dem Gras=
brook zu Hamburg das „gottlose Unwesen" der Vitalien=
brüder ein Ende gefunden. Allerdings ist ihre zu einem
Widerspiel=Bunde der Hansa zusammengeschlossene Kraft
von der „durch die See brausenden bunten Kuh mit
ihren starken Hörnern", der Hamburger Orlogskogge,
gebrochen, und sie wagen keinen offenen Widerstand und
Kampf mehr gegen große gewaffnete Schiffe der See=
städte. Aber da und dort bergen sie sich noch überall in
schwer zugänglichen Schlupfwinkeln und Klippenlöchern
und brechen bei Nacht und Nebel mit ihren Schnellseglern
hervor. Zweimal, in den Jahren 1429 und 1439,
haben sie sogar unter ihrem Likedeeler=Hauptmann
Bartholomes Voet mit sieben Schiffen an helllichtem
Tage die Stadt Bergen wieder überfallen, ausgeplündert,
das Königs= und Bischofshaus nebst vielen andern in
Flammen gesetzt. Aufs Meer zurückgekehrt, sind sie von

beinahe hundert norwegischen Fahrzeugen verfolgt und
angegriffen worden, haben indeß mit solcher Kriegs=
tüchtigkeit und wildester Tapferkeit gekämpft, daß sie die
größten Schiffe ihrer Gegner geentert, selbst bemannt
und mit ihnen die übrigen in den Grund gesegelt oder
zur Flucht gedrängt. Sie besitzen viele heimliche Be=
günstiger sogar unter Fürsten und Herren, nicht minder
von ihrem Ursprung her in den westlichen Seestädten
Wismar und Rostock, und es giebt nicht wenige, die,
bedenklich den Kopf schüttelnd, sich des Glaubens nicht
entschlagen können, verborgener Weise habe die Mehrzahl
der Bundesglieder der gemeinen Hanse selbst ihre Hand
dabei im Spiele gehabt, um zugleich gegen den König
der skandinavischen Union und gegen die engelländischen
Kaufleute in Norwegen einen vernichtenden Streich zu
führen und sich zu völliger Alleinherrschaft in Bergen
aufzuschwingen. Dann jedoch ist allmählig weniger
Kunde von großen Gewaltthaten der Vitalienbrüder er=
gangen, nur von Gotland aus fallen sie noch dann und
wann die dänischen Küsten an; um die Mitte des fünften
Jahrzehnts scheinen sie verschwunden oder wenigstens
ihre Bundgenossenschaft zum gemeinen frühern See=
räuberthum aufgelöst.

Aus solchen Vorgängen aber wird ersichtlich, daß
die feste Einigung der Hansestädte sich auch in hoch=
wichtigen Dingen nicht überallhin erstreckt. Sie stehen

meiftens zufammen, nicht immer; jebe verfolgt auch
ihre Sonberintereffen, unb wo biefe ihr an Bebeutfam=
teit bie Oberhanb gewinnen, läßt fie bie Politit unb
ben Befchluß bes Bunbes manchmal außer Acht. Offen
ober verhohlen weigert fie thatfächlich ben Gehorfam;
vielfach treten beshalb Verhanfungen ein, felbft bie
„Hanfakönigin" Lübeck wirb einmal von einer folchen
betroffen, wie fie um bes Umfturzes ihrer inneren Ver=
faffung willen im erften Jahrzehnt bes fünfzehnten Jahr=
hunberts in bes Reiches Acht unb Bann gerathen.
Taufenbfältige Nebenzüge, Gegenftrebungen, Hemmniffe
unb Kreuzungen laufen unabläffig in allen Stäbten
zwifchen bas gemeinfame Hanbeln ber beutfchen Hanfe
hinein. Vor allem verfchärft fich faft in jeber gleich=
mäßig ber Gegenfat ber vornehmen Kaufmannsgefchlechter
unb ber Gewerkszünfte, führt in blutigen Kämpfen um
bie ftäbtifche Herrfchaft zum Sieg ber einen ober ber
anbern. Hier hat ein ariftokratifcher, bort ein bemo=
kratifcher Rath bas Regiment an fich gebracht, Fürften=
unb Pfaffen=Intriguen mifchen fich hinein, es entfpringt
baraus Abneigung mancher Bunbesftäbte gegeneinanber,
wächft unb vereitelt nicht felten bie Durchführung einer
bem Ganzen förberlichen Politik. Die Machthaber auf
ben curulifchen Seffeln betrachten bie fichere Behauptung
ihrer Gewalt als höchftes Ziel, blicken mißtrauifch auf
bie anbere fociale Orbnung ber Nachbarftabt. Hin unb

her wandernde Senblinge schüren die Volksmeinung gegen
die Geschlechter oder die Gewerke; viel Blut fließt im
Streit und unter dem Richtbeil. Gebieterisch, als
oberste Macht des gesammten Nordens, steht die Dudesche
Hanse nach außen da, doch langsam wuchert in ihrem
Schooße mehr denn ein Keim des Auseinanderbruches,
der Verderbniß auf.

*   *   *

Als Osmund Werneking an jenem Maienmorgen
des Jahres 1447 den Travefluß hinabzog, gedachte er
nicht, daß seiner Reise noch ein besonderer Aufschub be-
vorstehen und er dieselbe erst in mannigfach veränderter
Weise fortsetzen werde. Zwar wußte er, die Kogge solle
über Nacht zu Travemünde vor Anker belassen bleiben,
um dort noch Ladung für ihre Bergenfahrt einzunehmen,
und als sie das nur aus wenigen Gassen bestehende,
unscheinbare Städtchen erreicht, begab er sich ans Land
und schlenderte bis zum Anbruch der Dämmerung unter
dem weit auf die wagrische Bucht hinausblickenden hohen
Leuchtfeuerthurm am Strande umher. Dann wanderte
er zurück, doch der im Taglicht zuvor still daliegende
Ort hatte sich nunmehr zu lautester, überraschender
Lebendigkeit umgeändert. Er besaß fast ebenso viele
Schenken als Häuser, und von allen Schiffen am Ufer,
die mit dem nächsten Morgen gen Lübeck hinauftrachteten,
strömten die Seeleute zu Hauf in die Bier= und Meth=

stuben hinein. Alle Zungen der Nordküsten Europas
klangen · durcheinander, zumeist niederdeutsche, dänische
und schwedische, doch auch vlämische, engelländische und
selbst hispanische mischten sich drein. Es war das nichts
Neues und Fremdes für Osmund Werneking, der von
Kindheit auf gleiches im Hafen seiner Vaterstadt gehört
und gesehen, und er nahm nicht viel Antheil an dem
Getriebe um ihn her, sondern saß mit andern Gedanken
allein bei seinem Becher herb die Lippen ziehenden
deutschen Weines vom Rheinland, den der Schenkwirth
ihm als eine besondere Köstlichkeit aufgetischt. Nur
allgemach zog das Gebahren mehrerer Matrosen um
einen Tisch in halbdunklem Winkel der Stube sein Ohr=
und Augenmerk auf sich. Es waren Dänen, und er
verstand das Hin= und Hergerede ihrer rauhkehligen
jütischen Stimmen nur zur Hälfte, aber sie mußten
gute Löhnung im Sack tragen, denn sie tranken, als
etwas noch Seltenes und hoch mit Geld Aufgewogenes,
farbloses, aus Weinhefen gebranntes „Lebenswasser",
wie es bis vor einem halben Menschenalter nur noch
in den Apotheken als Arzneimittel wider die Pest zu
Kauf gehalten worden. Der starke, von ihnen aus
Zinnbechern genossene Trunk wirkte bald heftig berauschend
auf sie, nur einer, der bei der Metkanne saß, erhielt
sich nüchterner und tadelte die andern wegen ihrer
üppigen Vergeudung. Doch prahlerisch zog der zunächst

von ihm Angesprochene etliche bänische Goldgroschen her=
vor, klimperte sie auf ben Tisch und lachte: „Haben wir's
nicht dazu, und kriegen wir morgen nicht genug, alles
Lebenswasser in Lübeck burch bie Gurgel laufen zu
lassen? Lystig og liberlig omstunber!" Dem Abmahnen=
ben schien biese Aeußerung jeboch im hohen Maße zu
mißfallen, er warf einen kurzumlaufenben, spähenben
Blick über bie anbern Gäste ber Schenke unb tuschelte
barauf bem Trunkenen rasch einige Worte ins Ohr, bie
ihn verstummen unb bie funkelnben Golbmünzen wieber
einstecken ließen. Die Luft in ber niebrigen, bicht von
Menschen gefüllten Stube war schwülbebrückenb, Osmund
Werneking stanb nach einer Weile auf unb verließ bas
Wirthschaftshaus. Draußen lag biefbunkle Nacht, boch
er fühlte sich noch nicht ermübet, bas gleichmäßige
Rauschen ber laut burch bie Finsterniß ans Ufer rollen=
ben Wellen zog ihn an, es mußte, nach ben Gestirnen
zu schließen, über Mitternacht hinaus sein, als er sich
rückwärts begab, bas Lager in seiner Kogge aufzusuchen.
Nun war's in ben Schenken und am Hafenbamm ruhig
geworden, uur ein Stück abwärts von ben übrigen Fahr=
zeugen schlug ihm im Vorüberkommen noch Stimmen=
klang ans Ohr. Seeleute waren bort in ber Lichtlosig=
keit beschäftigt, über einen Brettsteg etwas Schweres
auf einen schwarzen Schiffsrumpf hinaufzurollen, Osmund
erkannte bie rauhen jütischen Kehlen von zuvor aus ber

Schenkstube, auch diejenige des nüchterner Verbliebenen, der halbgedämpften Tons ingrimmig fluchte: „Vil jiforbrukkne Pindswiin vel holde Snuden!" Ganz ohne Wirkung hatte er jedoch auch nicht dem Meth fleißig zu= gesprochen, denn er schlug aus seiner Verdrossenheit in ein heiseres Auflachen um und gebot nach der andern Seite: „Schüttelt das Faß nicht zu laut, daß der Wein brin nicht gährt und die Raben den Lübeckern nicht ins Ohr krächzen, von welcher Sorte er ist, bis sie ihn kosten!"

Osmund Werneking hatte unbemerkt seinen Schritt angehalten, er hörte das Knacken und Knarren der Bretter unter einem schweren Faß, das oben mit einem kurzen Klirren, doch eigenthümlich anders als eiserne Bandeisen am Schiffsdeck aufstieß, dann wälzte sich der trunkene Haufen hinterdrein, von dem Fahrzeug aber schlugen gleich nachher Ruder ins Wasser, und dasselbe zog trotz dem tiefen Dunkel langsam die Trave hinauf. Der allein am nächtlich lautlos gewordenen Ufer Zurückge= bliebene stand regungslos und blickte in die Richtung des verklingenden Ruderschlags. Er wußte nicht recht, was ihn absonderlich an dem Vorgang betroffen hatte, warum sich ihm auf einmal das Gerede der Jüten, das Blinken der dänischen Goldgroschen, das fremdartige Klirren des Fasses auf dem Schiffsdeck mit dem Ge= dächtniß an die vornehme Gesellschaft der Herzöge, Grafen und Ritter gestern Abend in der Orlogsstube

des Rathsweinkellers vermischte, die auf die Ankunft des
Königs Christoph von Dänemark warteten. Und plötzlich
überkam es Osmund Werneking mit einer undeutlichen,
unerklärlichen Beängstigung, daß er haftig auf feine
Kogge zueilte, einige der schlafenden Schiffsleute auf=
weckend, ohne klare Erwiderung auf ihre Fragen fein
mitgeführtes Roß sattelte und wenige Minuten nachher
durch die Nacht auf dem Landwege gegen Lübeck zurück=
ritt. Erst dann kehrte ihm allmählich die Besinnung,
daß er sich grundloser Furcht und einer thörichten
Handlung zieh. Er sagte sich, das Geklirr, welches er
vernommen, sei das Stätige aller eisernen Tonnenband=
reifen gewesen und seine Einbildungskraft noch von der
Schrift Dietwald Wernerkins erregt, sodaß er, des Halb=
traums desselben in der Schenke an der Lübeck=Ham=
burger Landstraße gedenk, gleichfalls die Stimmen Arges
planender Vogelsteller zu hören geglaubt. Aber trotz
dieser Beschwichtigung stieg ihm die dunkle, unbezwing=
liche Angst immer mehr zu Häupten und faßte wie mit
Fieberirre seine Sinne, daß er durch die Finsterniß
weiter jagte, schneller, immer schneller. Ungefähr in
der Mitte des Weges mußte er die Trave kreuzen, die
Minuten, bis der schlafende Fährmann herankam, be=
dünkten ihn Stunden, athemhaltend lauschte er auf und
vermeinte flußabwärts das Geplätscher von Travenmünde
her nahender Ruder zu vernehmen; er hatte dem ver=

dußt, sprachlos dreinschauenden Fergen einen Goldgulden
zugeworfen, nun schoß er auf dem jenseitigen Ufer weiter.
Geisterhaft grau hoben sich im ersten bleichen Früh=
schimmer die Thürme Lübecks vor ihm in den Himmel,
sein Pferd keuchte, doch unabläsfig stieß er ihm die
Stacheln ein und hetzte es vorwärts. Er hatte keinen
Gedanken, als das Holstenthor zu erreichen, er sah die
beiden Kegelthurmspitzen derselben, aber ihm war's, als
reite er seit Tagen und er komme nicht näher. Dann
aber war er doch, noch immer in falbem Morgenlicht,
davor und hieb donnernd mit dem Thorhammer wider
das Eichengebälk. Der Wächter fragte: „Wer seid Ihr
und was wollt Ihr? Es ist noch Nacht und nicht Ein=
laßzeit." Doch der Reiter stieß athemlos hervor: „Macht
offen, wenn Eure Stadt Euch lieb ist! Ich muß zu
Herrn Marquart Pleskow, Eurem Bürgermeister!" Es
redete so bringliches Verlangen aus Miene und Wort,
und der einzelne Mann konnte die Stadt nicht gefährden,
daß der Thorwart öffnete. „Lasset die Brücke herab und
Niemand nach mir ein, bis Euch Befehl ergangen, wär'
es auch König und Kaiser!" rief Osmund Wernerking,
gleich einem vom Himmel schießenden Stern fürder
sprengend. Er trieb sein unmächtig erschöpftes Pferd
schonungslos die steile Holstengasse hinan und weiter
zwischen den schlafstillen Häusern durch die Königsstraße
entlang. Da brach sein Roß röchelnd und verendend

zusammen, er stürzte mit zu Boden, doch raffte sich im
Nu auf, rannte blindlings vor und hämmerte wenige
Herzschläge später mit dem kupfernen Löwenmaulknauf
an die ihm Tags zuvor gedeutete Hausthür des Burgemeisters der Stadt Lübeck. Und wenige Zeit verging,
da kam Herr Marquart Pleskow eilig mit ihm auf die
Straße zurück, gleich darauf wogten die Glocken der
Marienkirche mächtig über die Dächer herab, aus allen
Häusern stürzten bewaffnete Bürger mit fragenden Rufen.
Zum Travehafen hinab ging's, nach einer Stunde kam,
unter Segeln jetzt, die Snigge der jütischen Schiffer,
mit Weinfässern beladen. Auf einen Wink Herrn Pleskows
ward der Fluß hinter ihr durch schwere Ketten hurtig
abgesperrt, er selbst empfing das anlangende Fahrzeug,
ergriff eine Axt und hieb kraftvoll eines der Fässer auf.
Es lief kein Wein daraus hervor, sondern klirrend rasselten
eiserne Waffen aus der Höhlung, und der Burgemeister
wandte sich blitzenden Auges zu seinem Nebenmann um:
„Trogt Euch bei Gott nicht, Herr Werncking! Die
Stadt Lübeck schuldet Euch guten Dank, sprecht selber,
womit sie's entgelten mag!" Er ließ die laut über
Ungebühr und Schimpf schreiende Bemannung der Snigge
fortführen, scharf dazu lachend: „Verspart Eure Luft,
werdet sie bald zu lauterem Geheul brauchen!" Wie er
noch rasch an mehrere Rathsherren der Stadt Gebote
ausgetheilt, stieß der Wächter vom nahen Holstenthor

schallenden Hornruf, und der Burgemeister sprach spott=
lustigen Mundzuckens: „Sind früh aufgebrochene Gäste
drauß, wollen sie empfangen. Geleitet mich, Herr
Werneking, habt wohl verdient, solcher Ehre mit theilhaft
zu werden." Er stieg schnell auf den Söller des Holsten=
thores hinan, da hielt draußen jenseits der Zugbrücke über
die Trave König Christoph von Dänemark mit außer=
ordentlich großem, festlich gekleidetem Gefolge hinter sich.
Er grüßte hinauf und rief:

„Ich komme zum verheißenen Besuch, Herr Pleskow.
Machet nicht Umstand, uns mit sonderlichen Ehren zu
empfangen! Wir sind frühzeitig ausgeritten und tragen
zuvörderst nur Verlangen nach Ausrast in Eurer Burg."

„Die steht Euch bereitet, Herr König, wie wir auf
Euer Schreiben zugesagt", entgegnete der Burgemeister
mit ehrerbietiger Verneigung, „ist uns aber leid, daß sie
nicht Raum genug besitzt für so viele hochansehnliche
Gäste, um sie nach Stand und Würden drin aufzunehmen.
Dürfen unsere Stadt nicht verunehren, daß sie drin mit
zu geringer Herberge fürlieb halten müßten, denn Ihr
wisset, unsere Häuser sind schon reichlich mit vornehmer
Einkehr bedacht. Wollet uns drum nicht verübeln, Herr
König, daß wir Euch geziemend bitten, ohn' Eure Ge=
folgschaft unser Gast zu sein. Ihr wisset auch, daß
Ihr derselbigen bei uns nicht bedürftig seid, da wir
Frieden und Freundschaft selbander haben."

Herr Marquart Pleskow hatte es artig, doch mit
sicherstolzem Behaben wie ein Fürst zum andern geredet.
König Christoph aber runzelte die Brauen und erwiderte:

„Was beheißt Euer Wort, Herr Pleskow? Seid
Ihr ungastlich geworden zu Lübeck? Sorget nicht als
Kaufmann, daß unsere Säckel zu leer an Gold sind und
Euch Schaden bereiten."

Höflich gab der Burgemeister zur Antwort: „Solches
Rufes steht Lübeck wohl nicht, Herr König, wir wissen
auch, daß Ihr Tonnen voll edlen Metalles in unsere
Stadt voraufentsandt, um unsern Bürgern jegliche Un-
kosten vollauf zu vergüten. Denket nicht anderes, als
was ich zuvor gesprochen, daß wir sorgen, Euer König-
liches Geleit möchte nicht mit gutem Angedenken von
unserer Stadt scheiden."

Sichtbar mit Mühe verhielt König Christoph in-
grimmigen Aerger und entgegnete:

„So weigert Ihr mir die Zusammenkunft mit meinen
Sippen bei Euch? Denn Ihr werdet nicht glauben, daß ich
sonder Gefolg, einem Wegritter gleich, in Eure Stadt
einreite."

Lächelnden Mundes erwiderte Herr Marquart
Pleskow artig:

„Solchen Glauben habe ich im Voraus gehabt,
Herr König, und Sorge getragen, daß Ihr nicht gleich
einem Wegritter, wie Ihr's beheißen, zum Gruß Eurer

Sippe und Magschaft bei uns einzöget. Das verhüte unsere Freundwilligkeit und gute Eintracht mit Euren Reichen! Habe drum unsere hocheblen Gäste bitten lassen, mit schuldiger Ehrerbietung zu Euch zu kommen, Herr König, um Euch ihren Morgengruß zu bringen."

Auf einen Wink des Burgemeisters öffnete sich das Holstenthor jetzt, und umringt von eisengewappneten Bürgern erschienen die mecklenburgischen, sächsischen und brandenburgischen Herzöge und Grafen, man gewahrte es ihnen an, vom Nachtlager aufgestört, in Haft bekleidet, zum größten Theil noch ungewiß verschlafenen Blicks. Hinter ihnen drein folgte ein langer Zug von Pferden, Dienstmannen und Knechten, der nun unter Vorantritt der ingrimmig schweigsamen Fürsten die niedersinkende Zugbrücke überschritt, welche sich alsbald an den schweren Ketten rasselnd wieder emporhob. Schweigsam auch, nur mit den Zähnen knirschend, stand König Christoph drüben, bis das Gelärm still geworden, dann rief er:

„Man wird Euch Euer ungastliches und unritter= liches Thun gedenken, Herr Pleskow, zum Schaden Eurer Stadt, denn es wird mit Fug heißen, Lübeck fürchte sich vor dem Trinkgelag friedlicher Gäste und habe nicht Muth mehr, sie zu herbergen, vielmehr mit Unglimpf von sich zu kehren."

Doch Herr Marquart Pleskow gab mit ruhiger Würde Antwort:

„Bin kein Ritter, sondern nur unserer Stadt erster
Bürger, Herr König, und weiß drum nicht, was Ihr
unritterlich Thun beheißt, glaube mit nichten, daß solcher
Vorwurf heut' auf uns fällt. Sorge auch nicht, daß
unserer Stadt Muth in Zweifel falle, wäre sie sonst wohl
schwerlich der deutschen Hanse Kopf, die man in Euren
nordischen Reichen kaum der Zaghaftigkeit schuldigen wird.
Wollen aber heut' Abend gern einen guten Trunk auf
Euer Wohl nachholen, Herr König, und auf Fortdauer
von Frieden und Freundschaft zwischen Euch und der
Gemeinen Hanse, so lang der Rathschluß ihres Kopfes
es also für gut befindet."

Gar stolz und mit warnender Drohung hallte der
Ruf des Lübecker Bürgers dem wortlos den Rücken wen=
denden Könige von Dänemark, Schweden und Norwegen
nach, der mit seinem glänzenden Zuge von wohl tausend
Köpfen finsterblickend gegen die sächsische Stadt Ratze=
burg von dannen ritt. Sehr düster und unheimlich
aber stach von der heiter lachenden Morgensonne, die
auf den Söller des Holstenthores gefallen, der salpeter-
tropfende, unterirdische Verließraum der Lübecker Burg
ab, in den sich jetzt Herr Marquart Pleskow mit Os=
mund Werneking und einem Theil der Rathsherren hin=
untergab. Dort harrten schon bei Fackellicht neben den
gebundenen, nackt entkleideten Schiffern der dänischen
Snigge die „Schobanden", des Henkermeisters Knechte,

und begannen sogleich nach der Ankunft des Burgemeisters die gefangenen Seeleute der „peinlichen Frage" zu unter= werfen. Die Daumen und Zehen wurden denselben zwischen stumpf zugespitzten Schraubstöcken zusammen= gepreßt, Arme und Beine mit härenen Schnüren und spanischen Stiefeln gefoltert, endlich ihre Leiber mit Zentnergewichten auf der Leiter gereckt. Doch ungeachtet der ungeheuerlichen Qual verharrten die Gemarterten mit jütischem Trotz und Stumpfsinn in hartnäckigem Schweigen, bissen nur ihre scharfen Zähne blutig durch die Unterlippe und waren zu keinerlei Aussage über den Zweck der Waffen, die man in ihren und auch noch an= dern, schon vorher in den Hafen gelangten Weinfässern entdeckt, zu bewegen. Ohne mit einer Wimper zu zucken, sahen Marqart Pleskow und die übrigen Rathsherren dem grausigen, von ihnen und der harterbarmungslosen Zeit oft gewahrten Vorgang zu, Osmund Werneckings jungem Herzen aber ward es wind und weh, daß er als der eigentliche Urheber solch schrecklicher Menschen= leiden dastand. Schaudernd suchte er vergeblich den Blick abzuwenden, dann bat er den Burgemeister leise, Gebot zum Aufhören zu erlassen, da ihm selber jetzt Zweifel komme, ob er die dänischen Reden der Gefolterten richtig verstanden und diese selber von einem böswilligen Zweck des Inhalts ihrer Fässer gewußt. Doch kalt erwiderte Herr Marquart Pleskow nur: „Es ist des

Verrathes Recht", und gab dem Scharfrichter einen Befehl. Eine Holzwanne wurde gebracht und mit bereit=
gehaltenem siedenden Oel angefüllt, darin die Falschmünzer
nach altem lübischen Brauch „gesotten" wurden. „Sie
haben auch falsches Metall in unsere Stadt geführt",
sprach der Burgemeister, seine Hand winkte, und die
Schobanden ergriffen den am Abend zuvor in der Trave=
münder Schenke nüchterner verbliebenen Führer der Snigge
und tauchten ihn bis an den Hals in den fürchterlichen
brodelnden Glutfluß hinunter. Da entfiel ihm vor über=
menschlichem Schmerz die Kraft, mit einem Jammerge=
heul schrie er auf, man solle ihn herausthun, lieber in
Gnaden viertheilen oder auf's Rad flechten, er wolle,
was er wisse, reden. Und so bekannte er, es sei bei
einer Zusammenkunft am „Wunderblute zu Wilsnack"
von König Christoph und den übrigen Fürsten abgeredet
worden, heut' die Stadt Lübeck in ihre Gewalt zu
bringen. Mit ungewaffnetem Gefolg, um keinen Arg=
wohn zu regen, hätten sie einreiten wollen, dann aber
sich heimlich mit Waffen versehen und zu nachtschlafen=
der Zeit die Bürger überfallen. Es sei aber der Plan
nicht gegen Lübeck allein, sondern wider die gesammte
Hanse gerichtet worden, daß alle Landesherren so ihre
unbotmäßigen Städte unter ihre Gewalt zurückbrächten.
Und habe König Christoph, der die List ersonnen, bei
der Insel Falster heimlich eine Schiffsflotte und ein

Heer gerüstet, um alsbald, wenn das Werk gelungen, an der wendischen Küste damit zu landen.

Doch nun sprach Herr Marquart Pleskow mit ernsthafter Miene: „Ihre Aussage ist Lüge, denn wir leben in guter Eintracht mit König Christoph und allen Fürsten. Strafet sie nach dem Recht, daß sie ihren Herrn so übel beleumundet und solcher Arglist geziehen, die Frieden und Freundschaft zwischen der Hanse und den nordischen Reichen stören möchten. Ob Euer Miß= verdacht nicht Grund besaß, Herr Werneking, gebührt Eurer Umsicht aber darum nicht minder Dank. Speiset mit mir an meinem Tische zu Mittag, daß ich weiteres mit Euch berede.“

Die Lust an Speise und Trunk war Osmund Werneking freilich drunten im Marterverließ der Burg für heute sehr vergangen und es diente ihm auch nicht zu ihrer Wiedererweckung, daß er, bei Tische im Hause des Burgemeisters sitzend, großen Zulauf draußen und viel Stimmengetöse vom Markt her vernahm, wo die bereits halb zertrümmerten und zerrissenen Gliedmaßen der jütischen Schiffsleute „radebreckt“, mit dem Rade gebrochen und dann auf dasselbe aufgeflochten wurden. Wenn aber so mit grausam harter Unerbittlichkeit an den niedrigen Werkzeugen eines geplanten bösen Verrathes Rache geübt ward, während die Hanse öffentlich Miene beibehielt, als habe nichts dergleichen in der Absicht der

fürſtlichen Gäſte an der Trave gelegen — bei ſolchem
klug handelnden Widerſpruch that der Rath Lübecks doch
gegen Osmund Werneking kund, baß er gar deutlich
wiſſe, welcher ungeheuren Gefahr die Stadt und ver=
muthlich die geſammte deutſche Hanſe durch die Achtſam=
keit des jungen Wismarer Rathsherrnſohnes entgangen
ſei, und mit dem Dank für ſo hohes Verdienſt nicht
karge. Dazu ſtand noch der Name Dietwald Werner=
kins als Urältervaters Osmunds mit großen Ehren und
Anſehen im Angedenken der Löwenſtadt, und nach wenig
Tagen lief ein Geſchwader von vier ſchwer, mit zahl=
reicher Mannſchaft gewaffneten und mit vielen Donner=
büchſen ausgerüſteten, gewaltigen Orlogsholken die Trave
hinab in die Oſtſee. Ihre Weiſung war, Kundſchaft aus=
zuſpüren, welcherlei kriegeriſche Bereitſchaft an der Inſel
Falſter von dem verſchlagenen Dänenkönig gehalten wor=
den, und ohne Feindſeliges auszuüben, den ſchwachen
Schiffen deſſelben heilſamen Schreck einzuflößen. Eine
der ſtarken Koggen aber war unter den Oberbefehl Os=
mund Wernekings geſetzt und hatte Auftrag, von den
däniſchen Küſten weiter nordwärts nach der Stadt Bergen
zu ſegeln, um ihn nach ſeinem Wunſche dorthin zu
bringen. Zugleich jedoch beſaß der junge Schiffsführer
ein geheimes Vollmachtſchreiben, das in ſeine Hand gab,
unſichtig im Kaufhof zu Bergen allen Umſtand, über
den vielfältige Beſchwerde ausgegangen, zu erkunden und

zu prüfen, nach seinem Bemessen daran zu bessern und
dem Lübecker Rathe Bericht darüber abzustatten.

So fuhr Osmund Werneking um vier Tage später
zum andern Male gegen Travemünde hinab, unter selt=
sam umgeänderten Verhältnissen, doch noch mehr hatte
die kurze Zwischenzeit ausgereicht, bei ihm selbst eine
tiefgehende Wandlung hervorzurufen. Man nahm die=
selbe schon äußerlich an den Zügen seines Gesichtes
wahr, die von den Erlebnissen der letzten Tage um
manches ernsthafter geworden vor sich hinausschauten;
in höherm Maße aber noch hatten seine Gedanken die
jugendliche Unbesonnenheit und das ungewisse Trachten der
hinter ihm liegenden planlosen Zeit von sich gestreift,
und rauh angefaßt von einem Stoß des großen, die
nordische Welt ruhlos durchkreisenden Wirbelsturmes, um
dessen Getöse er sich in der Dankwardsstraße zu Wismar
wenig bekümmert, war's ihm, als sei er jetzt erst plötz=
lich über Nacht aus einem thörichten Knaben zum Mann
erwachsen. Eine beträchtliche Verantwortung war auf
ihn gelegt, doch im Bewußtsein, von dunkler Ahnung
getrieben Großes vollbracht und sich hohes Verdienst er=
worben zu haben, fühlte er geistige Befähigung, Kraft
und Zuversicht in sich gereift, dem ehrenreichen Ver=
trauen des Lübecker Rathes in seine Einsicht und förder=
same Wirksamkeit keine Schande zu bereiten. Verwunder=
lich hatte es sich gefügt, wie er hier nach einem Jahr=

5*

hundert gleich seinem Urältervater durch die Gunst des
Lübecker Burgemeisters im Dienste der Löwenstadt gen
Norden hinauszog, und deutlicher noch als zuvor em=
pfand er das Erbtheil des ritterlich=kühngemuthen Blutes
Dietwald Wernerkins in sich. Doch lächelnd gedachte
er der jungen Unerfahrenheit und leichtgläubigen Zu=
trauensseligkeit desselben, durch deren Schuld wider sein
Wissen und bestes Wollen böses Unheil großgediehen und
er selbst nur bitterlicher Täuschungen theilhaft geworden.
Osmund Werneking hatte bislang keinen Vergleich darüber
angestellt, allein er konnte es sich heut sonder eitle
Ueberhebung zusprechen, sein Blick sei von klugbedachten
Vätern her scharfsichtiger und besser gegen List und Trug
gefeit, als die Augen des damaligen jungen Dienstmannes
der Stadt Lübeck.

Als das Orlogsgeschwader derselben sich der Insel=
küste von Falster näherte, duckten sich dort die Fahrzeuge
Königs Christoph wie ein Schwarm von kleinem Gevögel,
wenn ein Raubadler am Himmel erscheint, eilig in Ufer=
buchten und Schlupflöcher zurück, und nichts gab offen=
gelegte Anzeichen eines beabsichtigten tückischen Friedens=
bruches kund. Drohend hielten die hochbemasteten Koggen
sich eine Weile in den dänischen Gewässern, dann wandte
diejenige Osmund Wernekings sich an den weißen Kreide=
felsen von Mönnsklint vorüber gegen den Sund, wäh=
rend die übrigen, ihrem Auftrag gemäß, nordostwärts

Gotland zusteuerten, um dort unter den Seeräubern
heilsamen Schrecken zu verbreiten. Im Verlauf der
nächsten Monate säuberten sie rundumher den Strand
der Insel von zahlreichen Piratenbarken, zerstörten diese
und warfen, was sie von der Bemannnung lebendig er=
greifen konnten, in Ketten geschlagen in ihre Kielräume
hinunter, um sie nach Lübeck mitzuführen und den Scho=
banden auf dem Marktplatz waibliche Arbeit „mit der
Dielen", dem Richtfallbeil, heimzubringen. Doch als
sie im Hafen von Wisby selbst, dem festesten Halt der
Seeräuber, zu landen trachteten, entrann ihnen von dort
bei stürmischem Unwetter die Hauptsnigge derselben,
lief tollkühn auf Leben oder Untergang zwischen ihnen
durch in die wüthige See hinaus und verschwand mit
ihrem braunrothen Segelwerk uneinholbar westhinüber in
Nebel und Meergischt. So wendeten sich die Koggen,
obzwar sie wohl wußten, daß hinter ihrem Rücken das
Unwesen alsbald auf's neue beginnen werde, zur Trave
zurück, denn kaufmännisch sparsame Achtsamkeit ließ keine
unnöthige Kriegsrüstung für längere Andauer zu. Wie
sie abermals an Falster vorüberkamen, war dort nichts
mehr von einer dänischen Flotte zu gewahren, König
Christoph hatte seine gesammelte Heerschaar aufge=
löst oder anderswohin gewendet, und keinerlei Gefährdung
bedrohte mehr Frieden und Freundschaft zwischen den

norbiſchen Reichen und der deutſchen Hanſa auf den Waſſern der Oſtſee.

Mittlerweile war die Kogge Osmund Wernekings wohlbehalten unter kundiger Führung durch den Sund und das Kattegatmeer gen Norden gezogen. Ueberall, von Mönnsklint, wo Dietwald Wernerkin bereinſt, dem Hungertode nahe, gelandet, von den Dünen Fal-ſterbos, dem hohen, feſten Thurm zu Helſingborg und dem Königsſchloß Helſingörs gegenüber hatten den jungen Lübecker Sendboten abſonderliche Gedächt-nißmale angeblickt und mit ſchweigſamen Angeſichten die Gedanken in ihm wunderlich bewegt. Nun aber kam eine fremde, mächtige Welt. Der „ſchwarze Fels-block“ des alten Normannenlandes, der ſich erſt in un-endlicher Weite droben am Rande des ewigen Eiſes ver-lor, ſtieg vor ihm auf. Das Schiff lief in den Opslo-Fjord ein, um zunächſt Tönsberg, die älteſte Stadt Nor-wegens, und alsdann auf der Stelle des ſpätern Chri-ſtiania die Stadt Opslo aufzuſuchen, beide geringfügig an Bewohnerzahl, doch durch, wenn auch mit Bergen nicht vergleichbare kaufmänniſche Niederlaſſungen der Hanſa zu beträchtlicher Handelsbedeutſamkeit emporge-hoben, von dieſen faſt zu deutſchen Orten geſtaltet und völlig nach außen und innen beherrſcht. Mit Staunen gewahrte Osmund Werneking hier an der fremden, fer-nen Küſte das ungebundene, ſtolze Gebahren ſeiner über-

seeischen Landsleute, als ob sie die Herren des Landes
seien. Wegwerfend redeten sie von den Eingeborenen
und Gesetzesvorschriften desselben, denen sie keine Gültig=
keit für sich beimaßen, die norwegischen Vögte kamen
den deutschen Kaufleuten, Gesellen, Schiffern und
„Schustern", wie seit alten Tagen in Norwegen die deut=
schen Gewerbsleute insgesammt beheißen wurden, beinahe
mit Unterwürfigkeit entgegen. An ihren Häusern prangte
als wunderliches Wappenschild der deutsche Reichsadler
halb mit einem überkrönten Stockfisch, dem Haupturheber
ihres Wohlstandes, gepaart, doch im ganzen besaßen beide
Orte etwas Vereinsames, weltentlegen Oedes, und Neid
flimmerte in den Blicken, mit denen die Zurückbleibenden
der gen Bergen, der weitberufenen Stätte vielfältigster
und ausgelassenster Hanselustigkeit, weiterziehenden Kogge
nachschauten.

Nun umlief diese mit dem buntfarbigen Gallion=
bilde des streitbaren Erzengels Michael unter dem Schiffs=
schnabel tagelang das unermeßliche, immer neu vor=
bräuende, schwarzbraune Schärengeklipp der normannischen
Halbinsel. Ein Fjord um den andern zog sich bald als
breiterer Meerbusen, bald als enge Einbucht zur Rechten
ins Land, hier zwischen himmelhohe, noch schneebelastete
Berggipfel, dort zwischen niedrigere, doch mauerartig
schroffe und wildzerklüftete Felswände hinein. Als ein=
ziges Leben der Natur blickten mit harter, düsterer Strenge

schwarze Tannenwälder her.ıb, schaumaufgelöste Wasser-
stürze tobten aus ihnen, weithallenden Donnertons, manch-
mal schob sich eine geringelte, riesige weiße Gletscher-
masse, erstarrtem Drachenleib ähnlich, von nebelumwallter
Kuppe und leckte mit blauen Eiszungen durch Kluft und
Spalt des Gesteins bis auf den Meeresspiegel hinunter.
Weit mehr noch als die sonnige Lagunenstadt an der
Abria von Lübecks zumeist trüb überschleiertem Himmel,
stach von dem deutschen Ostseegestade mit seinen grünen
Laubwäldern diese herbe, ernst-finstere nordische Welt ab.
Erde, Meer und Luft erschienen gleich rauh und un-
gastlich, und nicht minder die selten da und dort auf-
tauchenden menschlichen Bewohner des wüsten Klippen-
gemengsels, Fischer in ausgehöhlten Baumstämmen, wie
vor einem halben Jahrtausend die ersten Vikinger auf
die See gezogen, blutarm, hungernd, roh und wild,
Mann und Weib an Bekleidung gleich und kaum an den
Gesichtszügen unterscheidbar. Es mußte ein mächtiger
Antrieb sein, welcher Leute, die jenseit der Ostsee an
erfreuliche Schau für das Auge, Wohlstand, Gesittung,
Sicherung und Behagen des Daseins gewöhnt worden,
in die Wildniß hierherauf drängte, um für lange Jahre
von allen feinern Genüssen des Menschenlebens Abschied
zu nehmen, zumal da es jedem Zugehörigen der Hansa
bei schwerster Strafe untersagt fiel, sich anders als ledigen
Standes in Norwegen zu halten, „weil die Verheirathung

mit heimischen Frauen die Zucht und Bewahrung hansischer Geheimnisse beeinträchtigen möchte." Osmund Werneking wußte, es war auch hier der Häring, der Kabeljau und Stockfisch, die solchen Völkerzug von deutschen, niederländischen, englischen, dänischen und schwedischen Handelsbeflissenen nach dem unwirthlichen Norden um die Wette veranlaßten und dieselben die Erzeugnisse ihrer wärmern Himmelsstriche und kunstreichern Gewerksfleißes, Getreide, Wein, Bier und Gewandstoffe mit hohem Gewinn gegen die Meeresbeute der Eingebornen austauschen ließen. Die letztern vermochten ohne die Nahrungszufuhr durch die Fremden ihr armseliges Dasein überhaupt nicht zu fristen, das hatte den deutschen Kaufleuten schon seit Jahrhunderten immer wachsende Vorrechte von den norwegischen Königen abgetrotzt, doch ebenso lang standen Käufer und Verkäufer, nur durch den wechselseitigen Vortheil verknüpft, sich im Innern stets feindselig und haßerfüllt gegenüber. In zahllosen blutigen, der hansischen Niederlassung höchste Gefahr drohenden Kämpfen hatte die Gewalt ihr Schwert als Rechtsgewicht in die Wagschale geworfen, und bei dem Anblick der wilden Natur und ihrer Bewohner empfand Osmund Werneking gar wohl, daß es etwas anderes sei, in den Rathssälen von Lübeck, Wismar und Rostock mißbilligend von „der vielen Unstüre, die von denen zu Bergen geschehen", zu reden, als unter solchen Umständen hier an Ort und Stelle selbst Sicherheit, Macht und Ansehen der Hanja allzeit mit Schonung und unbeirrter Gerechtigkeit zu bewahren. Schon fernher winkend und flimmernd stieg nun aber von steiler Vorgebirgswand unter gewaltigem viereckigen Thurm das weiße Gemäuer der Königsburg Bergenhuus vor dem Blick Osmunds in die Luft. Ernstsinnend schaute er vorauf, dorthin in die Brautkammer hatte Dietwald Wernerkin dereinst Elisabeth von Holstein das Geleit geben gesollt. Doch statt ihrer und wohl nicht gegen ihres Herzens Wunsch war Margarethe von Däne= mark dort eingezogen, um sich mit der ererbten ränke= vollen Klugheit ihres Vaters die Kronen dreier Reiche aufs Haupt zu setzen, die von dem ihres weltverschollenen Nachfolgers schimpflich wieder herabgefallen. Und heut' trug er als späten Gruß der jungfräulichen Königin Norwegens das kleine Goldkreuz an den Strand, vor dem ruchloser Treubruch ihren Fuß und ihr Herz bewahrt.

Jetzt richtete die Kogge am Eingang des Waag= Fjords ihr bis dahin niedergelassenes „Marscastell" stolz empor, hoch flatterte das Wappenbild Lübecks auf der windgeblähten Fahne des Hauptmastes und das Schiff zog in den Hafen der auf zwei nackten Felsvorgebirgen erbauten Stadt Bergen ein. Nach der Landseite lag sie von sieben hohen Bergen, die ihr den Namen verliehen, völlig umschlossen, überraschend trat an den steilen Ab= hängen derselben dem Blick hier im fernen Norden nach

ben langen, öben Schrecknissen der Schärenufer ein weit-
gebehntes Dächergewimmel entgegen. Die große Mehrzahl der Häuser bestand zwar aus Holzbauten, über
beren Diebstahl von den Eingeborenen des Landes vielfach bittere Klage ergangen, daß dieselben oft nächtlicher
Weile von gewaltthätiger Hand abgebrochen, geraubt und
auf Schiffen verschleppt worden; häufig zuvor, und erst
vor acht Jahren zuletzt von Bartholomes Voet, dem Anführer der Vitalienbrüder, völlig durch Feuersbrunst zer-
stört, sahen die noch neu aus der Asche wieder erstandenen
Gebäude größtentheils unverfallen, in wohnlichem Zu-
stande und nicht unfreundlich, hufeisenförmig um den
Rand der Meerbucht gelagert, auf's Wasser heraus.
Am Nordende thronte über ihnen das Felsenschloß Bergenhuus, mit dem mächtigen, später nach dem Bürgermeister Walkendorp benannten Thurme, schon vor drei
Jahrhunderten von König Olaf Kyrre, dem Begründer
der Stadt, erbaut; hoch darüber noch ragte die doppelt-
gethürmte „deutsche Kirche" zu Sanct Marien in die
Luft. Bergen selbst schied sich in zwei, durch die Elligaa
getrennte Hälften an den Seiten des Fjords; zur Linken
erstreckte sich als der umfangreichere normännische Stadttheil der „Ueberstrand", zur Rechten dagegen erhob sich
mit stattlichen, breiten und hohen Steinhäusern um die
Kirchen von Sanct Marien und Sanct Martin das
deutsche Quartier. Es trug den Namen „die Brücke",

warb aber von dem Volksmund der Eingebornen unter
sich die „Garpenbrücke" benannt, mit einem gegen die
Deutschen gekehrten Spottwort, dessen Bedeutung nicht
klar überliefert worden. Jedenfalls indeß enthielt das=
selbe einen besonders böslichen Schimpf, da die Dänen
sich seiner vor zwei Jahrzehnten unter der Herrschaft
Königs Erich von Pommern gleichfalls bedient und bei
einem heimtückischen Seeüberfall der Stadt Stralsund,
der freilich zu ihrem bitterlichen Schaden ausgeschlagen,
die dortigen Bürger höhnisch als „deutsche Garpen"
herausgefordert hatten. An die „Brücke", den Nieder=
lassungsplatz der hansischen Kaufhöfe, schloß sich die
„Schustergasse" der deutschen Gewerksleute, ein ansehn=
liches und dichtbevölkert um das Haus des heiligen
Martin, des „Schusterpatrons", versammeltes Quartier,
denn die „Factoristen" mit ihren Gehülfen in den
„Comptoren", die Gewerksmeister, Gesellen und Lehr=
linge, die Schiffer, Stuben= und Bootsjungen machten
ständig eine Zahl von nahezu dreitausend Köpfen aus,
eine wehrhafte Masse, da alle unverheirathet waren und
keine Weiber und Kinder in Rechnung fielen. Wenn=
gleich auch in diesem deutschen Stadttheil sich wenig
Augen fanden, die ein Verlangen nach kunstvollerm
architektonischen Bau und Schmuck der Häuser trugen,
so bildete derselbe doch immerhin durch Sauberkeit und
luftige Räumlichkeit einen vornehmen Gegensatz zu den

eng zusammengebrückten, zumeist steil abschüssigen und felsig-holprigen Gassen der normännischen Eingebornen, deren Königsrichter, Vogt und Stiftshauptmann, gegen die hansischen Kaufhöfe gehalten, in ärmlichen Behausungen ihre zweifelhaften Machtbefugnisse ausübten. Unter großem Zulauf der deutschen Bevölkerung segelte jetzt der „Erzengel Michael" die breite Landungs= brücke an, ward mit Ankern und Tauwerk sorgsam gegen die oft wildplötzlich ausbrechenden Stürme des Waag= Fjordes befestigt, und Osmund Werneking begab sich zunächst zur Wohnung Herrn Tiedemann Steens, des Bergener Oldermannes der Lübecker Kaufleute. Dann trat er, nach erfolgter Bewirthung, mit diesem einen Rundgang zur Beschauung der deutschen Faktoreien an. Der eigentliche Kaufhof bildete hier nicht wie zu Now= gorod, Brügge und im „Stahlhof" zu London ein ein= heitliches, festgeschlossenes Ganzes, sondern zerfiel in beinahe zwei Dutzend benachbarter, doch selbstständiger Gehöfte, welche den Namen „Gärten" trugen. Alle lagen dicht an der Meerbucht hingestreckt und jeder „Garten" stand mit dieser durch eine Ladebrücke in un= mittelbarer Verbindung. Die einzelnen Kaufhöfe führten als Kennzeichen hier nicht den sonst überall bräuchlichen deutschen Reichsadler, sondern unterschieden sich durch die Wappenschilde der Städte, denen sie angehörten; Lübeck, Wismar, Rostock, Hamburg, Bremen, Deventer, und Emden behaupteten als die ältesten „Bergenfahrer" den Vorzug der günstigsten Lage. Sonst jedoch stimmten alle Gärten nach äußerm Bau und innerer Einrichtung ziemlich genau überein. Das langgedehnte Haus wies im Erdgeschoß Gewölbe und Verkaufsbuden, darüber Stuben und Kammern für die Bewohner, im zweiten Stockwerk die umfangreiche Küche. Nach hinten am Hofraum lagen die tiefen Vorrathskeller in den Fels= grund gehauen und über denselben befand sich der „Schütting", ein großer, fensterloser Versammlungssaal, für Rathschlagung, Lustbarkeit und Zechgelage bestimmt, und muthmaßlich so benannt, weil mancher Becher in ihm verschüttet wurde. Weiter nach rückwärts an den Hof stoßend, schloß ein wirklicher Garten, ummauert, hauptsächlich mit Küchengewächsen bepflanzt, das weit= läufige Gewese ab.

Jeder dieser Kaufhöfe ward vorwiegend nur von Zugehörigen seiner Stadt bewohnt. Sie theilten sich unter dem nämlichen Dach in etwa zehn bis zwölf „Familien", die zur Sommerzeit getrennte Hauswirth= schaft führten, im Winter sich indeß zu gemeinsamen Mahlzeiten an gesonderten Tischen im Schütting ver= einigten. Ein „Hausbonde" stand jeder Familie vor, übte Aufsicht und Gewalt über die Kaufgesellen und Lehr= linge, die „Stuben= und Bootsjungen". Das Ober= regiment des ganzen Gartens lag in den Händen des

zuständigen Oldermannes, und Leitung und Schiedsspruch
über die gesammte hansische Niederlassung waltete der,
aus zwei wechselnd erwählten Oldermännern und den
„Achtzehnern" zusammentretende „Kaufmannsrath", der
„in Dingen der Zucht" auf den Kaufhöfen selbstständig
Entscheid und Urtheil fällte, sonst jedoch der Berufung
an das „Bergenfahrerkollegium" zu Lübeck und an den
„Hansetag" unterlag. Die Sitzungen desselben fanden
in dem großen Saal „für den gesammten gemeinen Kauf=
mann" in einem Gehöft neben der Marienkirche statt,
das auch den allgemeinen Weinkeller, Gerichtsstube und
Gefängniß in sich schloß.

So traf Osmund Werneking in äußerlicher Wohl-
ordnung die Zustände der Bergenschen „Gärten" an und
begab sich in den Wismarer Kaufhof, um mit dem
„Factor" desselben über sein eigenes Handelsgeschäft
Zwiespräche zu halten, zu dessen Beaugenscheinigung
nur allein er nach Bergen gekommen zu sein schien.
Doch nahm er dort, der starken Ueberfüllung halber,
nicht Wohnung, sondern auf das anempfehlende Schreiben
Herrn Marquart Pleskows räumte der Oldermann
Steen ihm im Lübecker Garten eine der besten Stuben
zu lediglicher Nutzung während seines Aufenthaltes ein.
Dieselbe war groß und bot alles Nöthige zur täglichen
Lebensführung dar, doch mit der niedrigen Balkendecke,
dem plumpen Hausrath, glaslosen Fenstern und am

hellen Mittag halb dämmrigen Ecken stach sie seltsam
von der reichen, behaglichen Einrichtung des Wismarer
Patricierhauses in der Dankwardsstraße ab. Es war
eine frembartige, von Kunstgeschmack und Schönheitsbe=
dürfniß völlig unberührte Welt hier drinnen, rauh und
roh, wie die wilden Felsklippen draußen runbumher.
Osmund Werneking mußte der Schilderung des Fontego
de' Tedeschi zu Venedig in der Niederschrift seines
Urälteroaters gedenken. Gar anders als jener an der
Rialtobrücke, lag der deutsche Kaufhof hier an der
„Garpenbrücke" zu Bergen. Dort mochten Himmel und
Erde, edle Baukunst und der Anblick schöner Menschen=
gestalten wohl im niederen Volke selbst feine und gefällige
Sitten gezeugt haben; hier konnten solche auch nur rauh
und roh gleich wilber Windsaat im unfruchtbaren Gestein
aufwachsen. Als schlimmster Mangel gebrach der sänf=
tigende Einfluß edler Frauen, weibliche Würde, Fürsorge
und züchtig=harmlose Fröhlichkeit; der Name der „Familien"
war nur ein bitterer Spott, denn anstatt der Mütter
und Töchter besaßen sie nur einen Schwarm elternloser,
nach Gewinn und Genuß haschender, heißblütiger junger
Gesellen. Nicht das von strengen Gesetzesschranken ge=
bändigte stolze Bewußtsein der Lagunenstadt vermochte
die Gemüther zu erfüllen, sondern nur ein stätig kampf=
bereiter, trotzig=ungezügelter Hochmuth auf eigene Klug=
heit und Unerschrockenheit und die wuchtige Rück=

haltskraft der deutschen Hanse fern über der Ost- und
Nordsee.

Solcherlei Empfindungen fand Osmund Wernekin
auch noch vor dem Ablauf des ersten Tages bestätigt.
Unter vielbeschäftigtem Betrieb war dieser in Ruhe und
Ordnung hingegangen, doch als, der hohen Sommerzeit gemäß, spät um die elfte Abendstunde erst das
Dämmerlicht einbrach, wich die bisherige Stille draußen
lautem Stimmengetöse und vielfältigstem Gelärm.
Osmund, der seine Abendmahlzeit in der „Familie"
Tiedemann Steens eingenommen, begab sich gleichfalls
ins Freie hinaus und lenkte seinen Schritt der Haupt-
örtlichkeit des lauten Getümmels, der Schustergasse zu.
Dort fand er Rudel von Kaufmannsgesellen und Stuben-
jungen im Verein mit deutschen „Schustern" singend,
lachend und schreiend hin und wieder ziehen, alle be-
waffnet, zumeist mehr als halb trunken von Bier und
Meth. Herausfordernd suchten sie Zank und Reiberei
mit den „Außenhansen", den englischen, holländischen
und dänischen Handelstreibenden zu Bergen, welche,
Spott und Stoß der Ueberzahl ausweichend, schweigsam
eilig dem Gedränge zu entrinnen trachteten. Dann
schrie eine Stimme: „Zu den Weibern!" und eine Rotte,
der Osmund Werneking nachfolgte, wälzte sich nordwärts
fort. In dem anstoßenden normännischen Stadtviertel
des „Ueberstrandes" bot das Zwitterlicht der Mitter-

nacht verwandelten Anblick. Geputzte Dirnen, der Mehrzahl nach Töchter der eingeborenen Bevölkerung, doch auch
landfremde, zumeist aus Flandern, standen in großer
Anzahl vor den Thüren und Fenstern und empfingen
die Ankömmlinge mit Gelächter, Jubel und schamlosen
Zurufen. Sie winkten und lockten, in wüstem Tumult
drängten die zügellosen Hansen in die Meth- und Frauen-
häuser hinein. Da und dort erhob sich ein Streit mit
normännischen Einwohnern der Straße, dann stürzte
ein Schwarm riesiger Schiffsknechte hinzu und schrie:
„Hansen!" Flüche und Hiebe schollen im Dunkel, rasch
ward es still, denn die schwächern Gegner flohen davon.
Auflobernder Jähzorn, hochfahrende trotzige Vorrangs-
behauptung und rohe Genußsucht kennzeichneten rings-
umher das nächtliche Getriebe; mit innerlichstem Widerwillen gegen dasselbe wandte sich Osmund Werneking
nach seiner Behausung im Lübecker Garten zurück. Doch
auch dort huschten jetzt durch die matte Sternbämmerung
um Winkel und Wände unter Geflüster und halb er-
sticktem Gekreisch weibliche Gestalten und schlüpften am
Arm von jungen Gesellen mit in den Kaufhof und die
Stiegen hinauf, ohne daß jemand ihnen den Zutritt ver-
wehrte. Osmund suchte Herrn Tiedemann Steen auf,
den er mit geröthetem Gesicht noch beim vollen Methkruge
antraf, und berichtete unwillig, was er drunten gewahrt.
Doch der Oldermann zuckte die Achsel und entgegnete:

„Seid hier nicht im Rosengarten der Papageyen-
gesellschaft zu Wismar, Herr Werneking, vielmehr unter
den Häringen, Stockfischen und Normännern zu Bergen,
bei denen nicht Rosen, noch ehrbar rosenwangige Jungfern
gedeihen, daß man ein Maigräventhum mit ihnen aus-
richten könnte. Müsset eben mit derberer „Köste" bei
uns fürlieb nehmen, gleichwie unser Bier nicht im Brau-
haus zu Eimbeck gesotten ist. Haltet Ihr Euch aber
länger an unserem Ort, so werdet Ihr schon selber erfahren, daß der Himmel nicht viel mit Gunst über demselben liegt, sondern zumeist gar langer, düsterer und
trübseliger Winter, und daß man in der kurzen Som-
merszeit jungem Blut nach der Arbeit wohl etliche
Vergnügung und auch ausgelassene Lustbarkeit vergönnen mag. Würden sonst schwerlich mehr Mutter-
kinder in dieses trostlose Dorschgeklipp herüberziehen, die
Comptore zu Bergen leer von rüstigen Händen und viele
Geldtruhen der Städte leer von klingendem Golde stehen.
Bin auch frohgemuth, daß meine Jahre balbig zu End
laufen und ich an die Trave heimkehren kann, einmal
wieder grüne Erde und blühendes Gezweig zu schauen.
Weiß wohl, daß manche Kunde von hier dorthin läuft,
darob die Herren ihre Köpfe schütteln, doch nach wem
der Rachen des Haifisches aufschnappt, fragt nicht, ob
er demselben mit seinem Messer an den Zähnen weh
thut. Was uns obliegt, ist, volle Koggen in die heimischen

Häfen zu schicken, und brin wettet kein zweiter Kaufhof der Hanse mit uns. Im übrigen seit Ihr selber jung, Herr Werneking; darf ich Euch laden, setzt Euch zum Trunk zu mir, die Luft hier heischt mehr Wärme durch die Kehle ins Blut als im wendischen Land. Und werdet auch noch sehen, daß nicht alle Dirnen zu Bergen der feilen und niedrigen Art sind, wie Ihr sie brunten gewahrt, vielmehr manche sittige Normanntochter drunter, gleich Rosen, die aus dem Schnee blühen, daß nur wenige Edelfräulein und vornehme Rathsherrntöchter im deutschen Reich Wettstreit mit ihnen anheben dürften."

Wenn Herr Tiedemann Steen selbst auch sichtbarlich dem Becher nicht allein aus Erwärmungsbedürfniß und anrathsamer Besorgniß für seine leibliche Gesundheit zusprach, so lag doch viel gewichtige Wahrheit in dem, was er gleichgültig gesprochen und als etwas unabwendbar Selbstverständliches dargestellt hatte, worüber die „Herren" in den Hansestädten sich keinerlei deutliches und richtiges Urtheil zu bilden befähigt seien. Osmund Werneking setzte sich, der Aufforderung Folge leistend, mit an den Tisch und suchte durch Fragen verschiedenster Art an den Oldermann, der schon über neun Jahre in Bergen zugebracht, sich über die politischen, rechtlichen und persönlichen Verhältnisse in der Stadt zu unterrichten. Weislich verschwieg er den Auftrag, mit dem er von Lübeck hieher gesendet worden, doch Tiedemann

Steen blickte ihn ab und zu mit halbblinzelnden Augen
prüfend von der Seite an, und seine wiederholte Ent=
gegnung : „Werdet das schon mit eigenen Augen gewahren,
Herr Werneking, besser als ich es Euch sagen könnte,"
that kund, daß er manchmal vorsichtig mit seinen
Aeußerungen zurückhielt und dem jungen Patricier nicht
ganz trauen mochte, daß derselbe lediglich im Interesse
seines eigenen Handelsgeschäftes in die „nordische Fels=
und Wasserwüstenei" herausgekommen sei. Doch Osmund
Werneking gab klug keinerlei Anzeichen, daß er etwas
von diesem bedeutsamen Rückhalt bemerke; er hatte sich
zum Vorsatz gemacht, langsam, ohne jede Uebereilung die
Zustände des Kaufhofes nach allen Richtungen zu er=
forschen, und erst nachdem er volle und unbeirrbare
Sachkenntniß erworben habe, nach Lübeck darüber Bericht
abzulegen. Mit verständigem Blick erkannte er, daß er
zur Erlangung solches unparteiisch richtigen Urtheils
mancher Wochen, vielleicht Monde bedürfen werde, und
in eine neue Welt versetzt, zahlreicher fremdartigster Ein=
drücke und Gedanken voll, suchte er sein Nachtlager auf.
In den Gassen und auf der Brücke draußen war es
inzwischen ruhig geworden, doch die sommerliche Stille
der Luft hatte sich dafür zu beginnender Unruhe ver=
wandelt. Es begann an den schlecht verschlossenen Fenstern
zu winseln, durch die Spalten der rohen Vorsatzluken
zu pfeifen und im Gebälk der Stube zu knistern und

zu krachen. Dann kam ein Windstoß und schnell ein zweiter hausschütternd hinterdrein; Osmund Werneking barg sich, trotz der Junizeit frostig überlaufen, dichter unter das schwarzzottige, norwegische Bärenfell seines Lagers und schlief, vom lauten Sturm umheult, wie in wellengeschaukeltem Schiffsraum ein. Als er ziemlich spät am Morgen erwachte, mußte er sich erst besinnen, wo er sei, nur ein matter Schimmer lag auf den Wänden um ihn. Doch auch, wie er die Läden öffnete, fiel kaum helleres Licht ein. Trüb und mürrisch lag eine bleierne Decke vom Himmel über das schwärzliche Ge= stein der Felsenmauern umher fast bis zum Meeresspiegel hinab, und wie aus einem geöffneten Flußwehr strömte es daraus nieder. Bergen machte seinem weit bekannten Namen als der „Regenstadt“ des Nordens und des Hauptortes plötzlicher wilder Stürme, heftigster Gewitter und unermeßlich andauernder Wasserstürze rasch und vollständig Ehre, denn mehrere Wochen vergingen, ohne daß der Regen nur für eine Stunde innehielt und ein Verlassen des Hauses anders als bis in die nächste Nachbarschaft annehmlicher Weise verstattete. Auch das Abendgetümmel draußen wiederholte sich nicht, emsige Thätigkeit herrschte den Tag hindurch in den Comptoren und an den Ladeplätzen der Gärten, wo Schiffer und Kaufgesellen in triefenden Südwesterkappen und Loben= mänteln Waaren aus= und einluden. Doch wenn die

Dämmerung einbrach, ward es leer und still, und auch
die Gassen blieben ruhig; wie im Winter versammelten
sich die Familien im Schütting, wo auf dem großen
Kaminherd, halb zur Erhellung, halb zur Erwärmung,
ein riesiges Tannenscheitfeuer loderte, dessen Rauch ohne
Schlotvorkehrung nur durch eine Oeffnung in der Boden=
decke abzog, oft aber auch von Windstößen brandig und
beizend in die Stube hineingepeitscht ward. Völlig
winterliche Trübsal und Unausfüllbarkeit der Zeit trieb
an die rastlos neu gefüllten Trinkkannen und zu den
schon althergebrachten „Spielen" des „Hänselns", denen
Osmund Werneking nicht ohne innerliches Schaudern
zusah. Bereits seit länger als einem Jahrhundert be=
standen in allen Hansekaufhöfen ungeschlachte und grau=
same Bräuche, welchen sich die Neulinge in den Factoreien
unweigerlich unterwerfen mußten, um von ihrer ver=
achteten Stufe als „Stuben= und Bootsjungen" zur
Würde der Gesellen aufzusteigen. Gemeiniglich wurden
diese „Spiele" zur Pfingstzeit im Freien abgehalten
und setzten ihren Hauptbestandtheil aus schmerzhafter
Marterung und blutrünstigem Auspeitschen, Stäupung,
Salzwassertrinken und erstickendem Untertauchen in die
See zusammen. Statt dessen nöthigte der strömende
Regen jetzt zum „Rauchspiel", um den Muth, die Aus=
dauer und Schmerzertragungs = Fähigkeit der Lehrlinge
auf die Probe zu stellen. Sie wurden zuvor durch

starken Methgenuß trunken gemacht und alsdann an einem
Strick in den „lappländischen Schlot", die Rauchöffnung
des Schüttings, hinaufgezogen, während als Schalksnarren Gekleidete unter ihnen Feuerbrände von scheuß-
lich qualmenden und stinkenden Gegenständen, nassem
Reisig, Haaren und räudigen Thierfellen entzündeten
und dem droben Hängenden unter groben Späßen Fragen
vorlegten, von deren richter Beantwortung seine Erlösung
aus der Räucherungsqual abhing. Dann ward der zumeist mehr als halb Erstickte heruntergerissen, besinnungslos in den Hof geschleppt und dort durch Uebergießen
mit Wassereimern ins Leben zurückgerufen. Ein anderer
Neuling trat an seine Stelle, bis alle „gehänselt"
worden und der Rest der Nacht unter allgemeinem
wüstem Biergelage zu Ehren Gambrinus, des „Erzkönigs
und Erbenkers des Bierbrauens", verlief. So plump,
unbarmherzig und unflätig war der stundenlange Vorgang, daß selbst in den gemeinsten Dirnen sich ein weib-
liches Gefühl dagegen empört und den Anblick nicht ertragen hätte. Osmund Werneking verweilte nur einmal
kurze Zeit als Augenzeuge dabei, dann verließ er den
Schütting und wandte sich seiner einsamen Stube zu.
Die Rohheit und Zuchtlosigkeit widerte ihn bis in die
tiefste Seele hinein an, er empfand sich unsäglich verlassen in dieser ganzen trostlosen Wüste des Himmels,
der Erde und noch wüsteren Menschentreibens, und eine

ungeheure Sehnsucht nach Würdigerem, geistiger Nahrung, Edlem und Schönem griff ihm ans Herz. Er begriff nicht, welch thörichter Trieb ihn verführt, unter diese Halbwilden an der freudlos öden Küste heraufzusegeln, nur, da es einmal geschehen und eine Pflicht ihn hier festhielt, mußte er seinen Ekel überwinden, um dasjenige, was ihm oblag, auszuführen. Aber er beschloß, dies mit möglichster Schnelligkeit zu thun und sobald er seine Kenntnisse genügend zu einem Bericht instandgesetzt, an das gastliche und gesittete Ufer der Ostsee heimzukehren.

Als endlich nach Ablauf zweier Wochen der Regen eine Unterbrechung eintreten ließ, benutzte er die günstigere Witterung, um sich auf längeren Fußwanderungen über die ihm noch fremden Theile der Stadt und ihre Umgegend zu unterrichten, sowie zur Begrüßung der vornehmsten normännischen Persönlichkeiten zu Bergen, des Königsvogtes Oluf Nielsen und des Bischofs Torlef. Herr Oluf Nielsen war von gedrungen=kräftigem Körperbau, auf den ersten Blick als Eingeborener des Landes erkennbar. Seine Miene und sein Behaben trugen ein unklares Gepräge, aus mürrischem Wesen und höflicher Zuvorkommenheit gemischt. Osmund hatte bereits so viel von der norwegischen Sprache erlernt, daß er eine Unterredung in ihr zu führen vermochte, und der Vogt drückte ihm seine außerordentliche Freudigkeit über das hohe Aufblühen des hansischen Kaufhofes und die erst

neuerbings durch König Christoph erfolgte Bestätigung
und Erweiterung der Vorrangsrechte der deutschen Faktoreien aus, ohne welche Bergen unfehlbar in Dürftig-
keit und Hungersnoth verfallen würde. Alle Aeußerungen
Herrn Oluf Nielsens sprachen, daß er eifrigster Freund
und Förderer der Hansen sei, hin und wieder vorfallende
Ausschreitungen derselben als unvermeidlich entschuldige
und die Veranlassungen dazu meistentheils der Rohheit
und unklugen Starrköpfigkeit seiner Landsleute beimesse.
Trotzdem indeß regte dies letztere Urtheil und das glatte
Lob Osmund Werneking nicht den Eindruck unverhoh-
lener Aufrichtigkeit, ein glimmerndes Licht in der Augentiefe schien manchmal den artigen Reden des Vogtes
wortlos zu widersprechen, und der Hörer verließ das
Haus mit dem Gefühl, daß Oluf Nielsen weniger ein
wirklicher Freund der Hanse als von der Nötigung gezwungen sei, sich diesen Anschein zu verleihen. Er
begab sich weiter zu der Wohnung des Bischofs Torlef
in der Nähe des Munkholmklosters, doch vernahm dort,
daß der Bischof, auf einer geistlichen Amtsreise nach
Throndhjem begriffen, vor Ablauf mehrerer Wochen nicht
zurückkomme. Nach demjenigen, was er über denselben
gesprächsweise in Erfahrung gebracht, mußte Herr Torlef indeß einen äußerst liebenswürdigen Gegensatz sowohl
in der Erscheinung, als an offenem, freimüthig-heiterm
Wesen zu dem Königsvogt bilden. Ein noch jugend-

licher, schöner Mann von hochwüchsiger Gestalt, war er von stets fröhlicher Laune, allgemeinem menschlichen Wohlwollen und behend umlaufendem Witz, ohne darum an seiner priesterlichen Würde, wo diese erheischt wurde, Eintrag zu erleiden.

Obwohl der Nachmittag bereits ziemlich weit vor= gerückt war, schlug Osmund Werneking doch noch einen Weg zwischen die hohen, Bergen nach Osten hin um= kränzenden Gipfel ein, gelangte zu seiner Ueberraschung bald an den Wasserspiegel eines kleinen Landsees, der, von der sonstigen wilden Natur umher freundlich ab= stechend, still und friedlich wie ein helles, klares Auge mit dunkeln Waldbrauen umschlossen dalag, und begann den Rand desselben zu umschreiten. Doch hatte er sich über die Ausdehnung getäuscht, da und dort erstreckten sich vom Rand des Beckens gewundene Arme nach den Seiten, und er bedurfte der doppelten Anzahl von Stun= den, als er veranschlagt, die Ummessung des Sees zu bewerkstelligen. Schon geraume Weile, ehe er zur Stadt zurückkam, hub es an zu dämmern, nicht vom sinkenden Tage allein, sondern westher stieg wieder eine schwarze Wolkenbank auf, erst langsam vorrückend, dann plötzlich schnell heranfliegend. Von der Schustergasse und den anstoßenden normannischen Quartieren kam dem Rück= kehrenden Tumult und Gelärm wie am ersten Abend seiner Ankunft entgegen, nun schoß der Regen in schwerem

Niederbruch herab, rasch schritt er durch die hin und her
wogenden Rotten der Schiffer, Gesellen, Schuster und
losen Dirnen hin. Er hatte fast schon den Lübecker
Garten erreicht, als der ängstliche Aufruf einer weiblichen Stimme seinen Kopf herumzog; dicht vor sich
gewahrte er im beinahe nächtlichen Zwielicht einen Knäuel
halb trunkener Hansen und Weiber, zwischen denen ein
zitternder Mund in normännischer Zunge eine Bitte um
Loslassung sprach. Es erwiderten jedoch nur rohe Späße
und kreischendes Gelächter darauf, ein Ruf scholl:
„Werft die Schelmbeine um sie, wer den Pasch fischt,
soll sie haben!“ und ein anderer dagegen: „Nichts da —
Likedeeler! Wo's solche Kost gilt, sind wir Vitalienbrüder!“ Eine Dirne schrie hinein: „Wenn sie sich
ziert, zieht sie erst in den lappländischen Schlott, das
wird sie kirr machen!“ — „Laßt mich doch, ich that
Euch nichts zu Leid,“ tönte die Stimme der Bittenden
wieder, aber ein Wehruf flog ihr gleich hinterbrein von
den Lippen und that kund, daß die nach ihr gestreckten
Fäuste sie frech angepackt hielten. In Osmund Werneking
schwoll heftiger Unwille auf, er erkannte an der hochragenden Körperlänge ein paar der Schiffsknechte seiner
Kogge, faßte die Schulter eines derselben und gebot ihm
mit zornigem Ernst, der Bedrängten Freiheit zu schaffen.
Die plötzliche Erscheinung und das Ansehen des jungen
Schiffsbefehlshabers wirkte ernüchternd auf seine noch

nicht völlig in der Bergenschen Zuchtlosigkeit verwilderten Untergebenen ein, sie leisteten Gehorsam, ein Getümmel erhob sich, in dem die unbotmäßigen Schuster sich wider= setzten, doch es gelang Osmund im Dunkel mit der Zu= sicherung: „Halte Dich an mir, ich schütze Dich", den Arm der Eingeengten zu fassen und sie aus dem Ge= dränge zu erlösen. Er unterschied kaum etwas von ihr, als daß es ein junges, dunkelhaariges Ding sei; sie klammerte sich zitternd an ihn, aber nach wenigen Schritten brach sie kraftlos in die Kniee. Der Regen prasselte stärker herab, ohne sich weiter zu besinnen, hob er sie mit den Armen auf, trug sie eilfertigen Ganges nach dem nahen Kaufhof und die Treppe empor in seine Stube, wo er sie im Finstern auf eine breite Wandbank niederließ. Dann schlug er Steinfunken auf einen Zünd= schwamm und entflammte den Docht einer plumpen, mit Walraththran angefüllten Lampe, die das große Gemach kaum mehr als ein Himmelsstern dunkle Nacht erhellte. Erst wie er das dunstige Flämmchen auf den Tisch neben der Bank stellte, vermochte er die Gestalt und Züge der darauf Sitzenden zu erkennen.

Ein Mädchen war's, wohl ein wenig älter, als der Ton ihrer Stimme zuvor vermuthen lassen, die fast als die eines Kindes geklungen. Sie mochte etwa sechzehn Jahre zählen und erinnerte ihren Befreier aus der Drangsal beim ersten Anblick an ein befremdliches weib=

liches Geschöpf, das er einmal als Knabe auf einer
Dorfmark in der Nähe von Wismar gewahrt. Dort
hatte ein Trupp sonderbarer Männer, Weiber und Kinder
auf der regenfeuchten Erde gelegen, wie der deutsche
Norden sie noch niemals zuvor gesehen. Sie waren
aus dem Ungarn= und Böhmerland heraufgekommen,
redeten eine Sprache, die keiner begriff, und konnten sich
nur durch Mienen und Gebärden mit den wendischen
Bauern nothdürftig verständigen. Es hatte geschienen,
daß sie selbst sich mit dem Namen Cigani oder Zingari
bezeichneten, und wie sie gekommen, waren sie über Nacht
spurlos wieder verschwunden. An ein junges Weib aber,
das er unter ihnen gewahrt, gemahnte Osmund Werneking
das Mädchen vor ihm auf der Bank. Es hatte die
nämlichen glänzend schwarzen Haare, feingebildete Lippen,
dunkle feurige Augen im schmalen Antlitz, dessen Farbe
beinahe einem hellen Topasstein gleichkam. Die mittel=
große, zarte Gestalt umgab ein Tuchgewand von werth=
vollerm Stoff, als es bei den Normannentöchtern bräuchlich,
schmale, zierliche, nicht von harter Arbeit vergröberte
Hände sahen aus den engen Aermeln hervor. Sie saß
wortlos auf der Bank und blickte ihren Helfer wie im
Traum, daß sie sich hier befinde, an, ungewiß und doch
neugierig, scheu und vertraulich zugleich.

Auch Osmund Werneking stand einige Augenblicke
verstummt vor dem fremdartigen Gebilde, das die Lampe

ihm unerwartet überhellt. Er hatte nicht daran gedacht,
sich ihr Gesicht vorzustellen, doch nun überraschte ihn die
Anschau desselben. Verwundert fragte er nach einer Weile:
„Bist Du ein Normannskind?"
Sie nickte, er fügte hinzu:
„Wie heißt Du?"
„Tove."
„Und Deines Vaters Name?"
Sie schwieg kurz, dann gab sie Antwort:
„Ich heiße Tove Sigburgsdatter."
Er verstand ihre Erwiderung, sie trug nur den
Namen ihrer Mutter, keinen vom Vater. Es war nun,
da sie ruhig, nicht in der Beängstigung wie drunten auf
der Gasse, redete, mit anderm, sonderbarem Ton von
ihren Lippen gekommen, nicht über das klagend, was sie
sprach, doch mit einem schwermüthigen Aufklang ihrer
Stimme überhaupt. Osmund brach indeß zarten Sinnes
rasch von seiner vorherigen Frage ab und fuhr fort:
„Wie kamst Du in das Getümmel? Warum hütetest
Du Dich nicht?"
„Ich wollte nach meinem Hause gehen."
„So spät und allein? Das war nicht klug für
ein ehrbares Mädchen zu Bergen. Von woher kamst
Du denn hieher des Wegs?"
„Vom Thurm."
„Welchem Thurm?"

„Vom alten an der Burg, ich gehe täglich zu ihm."

„Und weshalb?"

„Ich fürchte mich vor ihm."

„Und deshalb besuchst Du ihn?" antwortete Osmund Werneking, über den Widersinn ihrer, wie ihm schien, bedachtlosen Entgegnung lächelnd. Doch zugleich sah er, daß ein unruhiges Licht durch ihre Augen lief, und ein leichtes Zusammenschauern rüttelte die feinen Glieder unter ihrem Gewand. Erst dieser Anblick mahnte ihn, daß ihre Kleidung vom Regen durchnäßt sei und sie mit Frost schüttle; deshalb auch mochte sie so sinnlos auf seine letzte Frage erwidert haben, und er sprach rasch mit Besorgniß:

„Du bist naß geworden, Dich friert."

Sie schüttelte indeß den Kopf. „Nein, mir ist's warm wie in der Sonne."

Er sah trotzdem schnell umlaufenden Blicks suchend in der Stube umher. „In diesem Hause sind keine Frauen, die andere Kleider für Dich hätten," murmelte er halblaut, „ein Weib könnte besser Zuflucht bei den Bären im Gebirg suchen, als hier." Doch aus den Worten floß ihm ein Gedanke, er trat eilig an seine Lagerstatt, ergriff das Bärenfell derselben und hüllte es sorglich um die Schultern des Mädchens. Dies blickte ihm mit groß erweiterten Augen regungslos ins Gesicht, daß er unwillkürlich fragte:

„Weshalb fiehft Du mich fo verwundert an?"

Sie zögerte kurz, eh' fie entgegnete:

„Sind alle Deutfchen fo gut?"

„Mich däucht, Du hatteft vorhin nicht Anlaß, Gutes von ihnen zu denken."

„Das waren Hanfen, ich meine die Deutfchen, die fo ausfehen, wie —"

Sie hielt an, fichtbar ungewiß, ob fie ihn nach norwegifchem Brauch mit Du oder uit Ihr anfprechen folle. Er verftand ihr Zaudern und fagte:

„Heiße mich fo wie ich Dich und wie Dein Mund es gewöhnt ift."

Nun erwiderte fie einfach: „Warum follt ich auch anders zu Dir fprechen, als zur Sonne? Sie würde mich nicht verftehen, glaub' ich, wenn ich fie anreden wollte wie die Herren."

„Verfteht fie Dich denn?"

„Ich fühl's zuweilen, daß fie mir Antwort giebt."

„Und wer find die „Herren", mit denen Du anders fprichft?"

„Vor denen ich mich fcheue, Herr Oluf Nielfen, der Herr Stiftshauptmann, und der Herr Bifchof."

„Vor mir fcheueft Du dich alfo nicht?"

„Nein, Du bift wie die Sonne" — fie lächelte zum erften Mal und zog mit den weißen Fingerchen

das Fell dichter um sich zusammen — Du wärmst mich,
wie sie."

„So fror Dich vorher doch?"

Sie nickte. „Mich friert's oft, aber jetzt nicht
mehr, gar nicht."

Ganz eingehüllt in das schwarzbraune Bärenfell,
das absonderlich zu der Farbe ihres Haares und ihrer
Augen stimmte, saß sie da wie ein halb räthselhaftes
fremdländisches Geschöpfchen. Doch trotzdem gemahnte
sie Osmund Werneking jetzt nicht mehr so wie zuerst
an das junge Zigeunerweib, das er als Knabe gesehen.
Ein fremdes Blut mußte wohl unter ihrer elfenbeinglatten
und -farbigen Haut klopfen, aber mit nordischem gepaart;
wie ihre Wangen sich jetzt mählich beim Sprechen leicht
geröthet und die feinen Lippen sich lächelnd über die
hellschimmernden Zähnchen gehoben, trat doch auch nor=
männisch=germanische Stammesart aus dem Antlitz und
dem Vorbau der schläfenmächtigen Stirn hervor. Nur
war's eine sehr andere, veredelte Art als die der übrigen
Normannstöchter, welche Osmund bisher gewahrt, nicht
nur mit zarterer Schönheit der Züge begabt, sondern
vor allem von einer geheimen Lieblichkeit durchwebt.
Manchmal gings wie ein dämmernd einfallender Schatten
darüber hin, doch Angesicht und Wesen des Mädchens
gemahnten an die Blume, deren Natur es ist, sich sehn=
süchtig nach der Sonne zu wenden. Bei dem kargen

Licht des Lämpchens erschien das junge Antlitz als eine
unbeutliche Mischung von kinblicher Unbefangenheit und
einer ungewissen Beängstigung, wie wenn ein lastendes
Schuldbewußtsein den jugenbfreudig auftrachtenden Froh=
muth ihres Mundes und Herzens haftig wieder erbrücke.
Dann irrte einen Augenblick lang ein unstätes Flackern
und Zucken durch ihre langen Wimpern und wie
ein trüber Nebelschleier fiel es hinterbrein. Doch es
konnte sich nichts Unebles und Strafwürbiges, keine
wahrhafte Schuld barunter verbergen, denn banach schauten
die Augen wieder mit der graben, furchtlosen Zuversicht
und spiegelnden Reinheit eines Kinderblickes auf. Os=
munb Werneking aber war es faft wie in einer traum=
haften Sinnesbeirrung, daß dieses seltsam=fremdartige
Mäbchenantlitz als ein feinster, anmuthreichster, beinahe
märchenähnlicher Gegensatz zu der rohen Welt umher
plötzlich zwischen dem plumpen Gebälk seiner Stube ba=
saß. Seine Gebanken waren umhergegangen, woher sie
stammen möge, und unwillkürlich flog ihm jetzt die Frage
von den Lippen:

„Wohnst Du bei Deiner Mutter?"

Tove schrack leicht bei der Unterbrechung der ein=
getretenen Stille zusammen, dann erwiderte sie:

„Nein, bei Brouke Tokkeson."

„Ist Deine Mutter nicht mehr lebend?"

„Schon lange nicht; wir sterben alle jung."

7*

Da lief wieder, deutlich sogar unter dem Bären=
fell wahrnehmbar, ein Frostschauder durch Tove Sig=
burgdatters Glieder. Osmund trat erschreckt auf sie
zu, faßte ihre Hand und stieß aus:

„Dich friert doch noch, Du bist zu arg durchnäßt
und mußt nach Hause, damit Du nicht krank wirst.
Komm, ich geleite Dich, daß Dir nicht wieder Uebles
auf der Gasse zustößt."

Ein neuartiger Ausdruck der Betrübniß überflog
ihre Züge; sie entgegnete mit dem leise klagenden Ton
ihrer Stimme:

„Muß ich schon gehen? Es war so schön hier."

„Ich darf's nicht dulden, daß Du länger so bleibst."

„Aber ich darf wieder zu Dir kommen?"

„Ja," erwiderte Osmund Werneking. Doch gleich
darauf fügte er hastig drein: „Nein — hieher nicht!"

Sie fragte zögernd und traurig: „Bin ich für euren
Garten zu gering?"

„Nein, Tove, Du bist für dieses Haus zu — dies
ist kein Haus für Mädchen Deiner Art, meine ich.
Komm, ich führe Dich; sprich draußen auf der Diele
nicht, bevor wir im Freien sind."

Er geleitete sie an der Hand über die dunkle Treppe
hinunter auf die Gasse. Der Regensturz hatte ziemlich
aufgehört, doch es war völlig Nacht geworden, und
einige Mal nacheinander strauchelte der Fuß des Mädchens

über die unsichtbaren Felsrippen des Bodens. Mit einem halb lachenden Ton sprach sie auf: „Ich muß heut blind sein und sehe sonst doch wie eine Katze im Dunkel."

„So will ich Augen für Dich haben," entgegnete Osmund; ihr Kopf reichte ihm bis an den Nacken, und er legte sorglich den Arm um ihre Schulter und hielt sie beim Fehltreten sicher aufrecht. Sie gab Antwort: „Da brauche ich meine Augen nicht und kann sie zu=machen; so geht sich's, als ob man fliege." Dann sprach sie geraume Weile nichts mehr, bis er fragte:

„Ist die Frau, bei der Du wohnst, eine Sippe von Dir?"

„Vroulke Tokkeson? Nein."

„Wie kommst Du denn zu ihr?"

„Der Herr Bischof, glaub ich, hat mich zu ihr ge=than, als meine Mutter gestorben; ich weiß es nicht anders."

Sie mußte jetzt doch die Lider öffnen, um ihrem Führer die Richtung anzugeben, der Weg führte be=trächtlich weit durch den normännischen Stadttheil. Im Dunkel stieg der Umriß eines hohen, schwarzen Gemäuers gegen den Himmel, das Osmund Werneking halb be=kannt erschien. Er fragte: „Ist das nicht Munkholm=kloster?"

„Ja, wir wohnen nahebei, hier unter der Bergwand."

Tove hielt vor einem Holzhause von geringfügigem Umfang inne, das wie ein Vogelnest an überragenden Felsen angeklebt schien, ein Wassersturz rauschte dicht daneben weißschimmernd ins Dunkel. Sie hatte plötzlich nach der Hand ihres Begleiters gesucht, hielt dieselbe und fragte stockend mit ängstlich erwartungsvollem Stimmenklang:

„Wenn ich nicht wieder zu Dir darf, kommst Du dann zu mir?"

„Wenn ich das Haus bei Tage wieder finde, frage ich morgen nach, ob die Nässe Dir keinen Schaden gebracht."

Sie antwortete rasch: „Ich will den ganzen Tag vor der Thür Acht geben, daß Du nicht fehl gehen kannst," zugleich jedoch öffnete sich die Thür des Häuschens, und eine Stimme fragte von der Schwelle:

„Kommst Du endlich, Tove? Ich habe längst zu Nacht gegessen."

„Dran thatet Ihr recht, Vrouke," erwiderte das Mädchen, „esset noch mehr, ich bin nicht hungrig und brauche nichts."

„Wer ist bei Dir?" fragte die Angesprochene mit einer Stimme, die kaum unterscheiden ließ, ob sie einem Weibe oder einem Manne angehöre.

Tove gab kurze Antwort drauf und fügte bittend gegen Osmund Werneking hinzu: „Es regnet noch, komm mit ins Haus, bis es aufhört."

Er folgte ohne Erwiderung ihrer Hand, die ihn mitzog und über lichtlosen Flur in einen niedrigen Wohnraum führte, der zugleich die Küche des Hauses enthielt. Auf dem Herd im Winkel glomm noch ein mattes Reisigfeuer, das Mädchen fachte dasselbe, mit den Lippen blasend, eilig an und entzündete dran einen ölgetränkten Kienspan, der nun die dürftig ausgestattete Stube flackernd erhellte. Broule Tokkeson war hinter den beiden eingetreten, und Osmund vermochte jetzt zuerst ihr Aeußeres zu unterscheiden. Es war ein Normannsweib, wie er ihresgleichen schon manche in Bergen gesehen, hartknochig von Gestalt und Gesichtszügen, bereits ziemlich hoch an Jahren vorgerückt, mit grausträhnigem Haar, auf den ersten Blick ohne alle verwandtschaftliche Aehnlichkeit mit Tove Sigburgdatter. Unter farblosen Brauen hielt sie einen nichtssagenden Blick auf den nächtlichen Begleiter ihrer Hausgenossin gerichtet; wenn etwas in dem Ausdruck der dickumliderten Augen lag, war's eine prüfende Musterung der ungewöhnlichen, vornehmen und reichen Gewandtracht Osmund Wernekings. Ihre Miene, Stimme und Bewegung thaten gleicherweise Starrheit des Alters kund, doch hatte sichtlich der erste Anschein getäuscht, als ob das Mädchen sich vor ihr scheue und von ihrem Willen abhänge. Im Gegentheil verwandelte sich die knochige Steifheit der Alten vor den Worten Toves fast in eine biegsame Unterwür-

figkeit; offenbar war nicht sie, sondern ihre junge Ge=
fährtin die eigentliche Herrin des Hauses. Etwas zögernd
hatte die letztere jetzt eine Frage an sie gerichtet, auf die
sie langsam erwiderte: „Warum sollte der Herr nicht in
den nächsten Wochen zu Dir hieher kommen, wenn er
Dein Freund ist? Es kommt ja sonst Niemand zu Dir,
und wer noch jung ist, ist nicht gern immer allein."
Die Augen des Mädchens leuchteten von einem glück=
lichen Strahl, sie räumte Hausrath von einer Bank und
bat Osmund, sich zu setzen. Brouke Tokkeson fiel ein:
„Führe den Herrn doch in Deine Stube, er ist besser
gewöhnt, als sich auf dem harten Holz niederzulassen."
Doch Osmund Werneking sprach jetzt drein: „Es ist
spät und Du sollst Dich zur Ruh legen, Tove; morgen
ist wieder ein Tag, da komm ich zurück." Er lächelte
über das Wort Königs Waldemar Atterdag, das in un=
bewußter Erinnerung aus seinem Munde hervorgegangen;
die Angesprochene sah ihn aufhorchend, halb wie un=
gläubig staunend an und erwiderte: „Wer hat Dich das
gelehrt?" Er verstand ihre Frage nicht. „Was, Tove?"
Doch gleich darauf setzte er hinzu: „Siehst Du, Dich
schüttelt der Frost noch immer, leg Dich schlafen, Kind,
daß Du nicht krank wirst!" Bei seinen Worten tauchte
in dem leeren Blick der Alten eine Unruhe auf, sie
fügte drein: „Der Herr redet verständig, er ist ein Hanse
und hat zu befehlen. Thu, was er verlangt, ich habe

Dich zu behüten, daß Du nicht Schaden nimmst." Osmund wollte sich zur Thür wenden, doch nun flog Tove auf ihn zu und faßte seine Hand: „Ich will alles thun, was Du sprichst — aber ich habe Dir noch nicht gedankt für alles, was Du mir heut Abend gethan! Das darf ich doch noch erst, eh' Du fortgehst — hab Dank!"

Tove schien leicht am Boden auszugleiten, halb in die Knie zu fallen und sich schnell wieder emporzuheben. Aber Osmund Werneking hatte gefühlt, daß ihre Lippen sich dabei einen Augenblick lang weich und demüthig= schüchtern auf seine Hand gedrückt; dann ging er draußen durch die nächtigen Gassen. Doch lagen diese ver= wandelt um ihn, nicht als ob er in Bergen sei, sondern an irgend einem Ort, wohin der Traum ihn einmal gebracht. Er wußte nicht recht, ob er auch gegenwärtig wachend hier gehe, die Welt umher erschien ihm nicht mehr rauh, wild und trostlos. Seine Seele war zum ersten Mal von einem fremden, bewältigenden Gefühle erfüllt. Er dachte nach: seine Seele, nicht sein Herz. So konnte aufkeimende Liebe desselben zu einem Weibe nicht sein; doch ein tiefes, ihn im Innersten erregendes Mitgefühl, fast Mitleid empfand er für das räthselhafte junge Geschöpf, das da drüben, einer Blume in ödem Schattengestein gleich, unter der Felswand einsam=traurig und sonnensehnsüchtig hinzuleben schien. Wie kam sie

dorthin? Augenscheinlich eine windverwehte Saat aus
einem prunkvoll-reichen Garten, den sie selbst nicht kannte.
Wunderlich aber kreuzte es dem Heimschreitenden die
Gedanken. Gar anders lagen alle Umstände, doch im
Thatsächlichen hatte er ebenso ein halbes Kind aus Noth
und Drangsal erlöst, wie einstmals Dietwald Wernerkin
auf der sonnigen Haide bei Arensfeld, und eine rinnende
Undeutlichkeit umschleierte auch sie, daß er nichts von
ihr wußte als ihren Namen. Nur war sie nicht gold-
gelockt und blauäugig wie Elisabeth von Holstein, sondern
bot in allem den größten Gegensatz zu derselben und
war kein unerreichbar über ihm schwebendes Fürstenkind.
„Unerreichbar?" fragte er halblaut vor sich hin. Betrog
er sich etwa doch selbst und verhehlte ihm nur noch der
Schlag seines Herzens, was darin klopfe? Doch er
schüttelte sicher-bewußt die Stirn: so warm und freundlich der Gedanke an sie seine Brust erfüllte, lag keine
solche Täuschung unter ihm verborgen, und unverständlich
war's ihm, was zum ersten Mal ihn mit so plötzlicher
Theilnahme an einem weiblichen Wesen überkommen.
Es mußte der klagende Widerspruch ihrer Sonderart zu
der Wildniß sein, in der er sie angetroffen. Nun erreichte er den Kaufhof, gab sich dem, von zwei großen
zottigen Wolfsrüden begleiteten nächtlichen Wächter desselben zu erkennen und suchte droben sein Lager auf.
Fast hatte der Schlaf ihn schon bewältigt, als es ihm

war, wie wenn ein leiser, süßer und doch schwermüthig
stimmender Frühlingsduft ihn anwehe; er schlug noch
einmal die Lider in die Höhe, dann zog er halb traum=
gefaßt das dunkle Bärenfell dichter um sich, das ein
Weilchen die zarten Glieder Tove Sigburgdatters vor
der Kälte beschützt gehabt.

*   *   *

Neben den deutschen Gärten befanden sich noch, da
und dort an der Hafenbucht zerstreut, die „außerhansischen"
Factoreien der Engländer und Niederländer zu Bergen,
und Osmund Werneking nahm bald gewahr, daß zwischen
beiden kaufmännischen Niederlassungen ein äußerst ge-
spanntes Verhältniß bestand, das zwar öffentliche Feind=
seligkeit vermied, doch in gemeinsamer innerlicher Ueber=
einstimmung die Mehrheit der Hansen mit Scheelsucht
und Mißgunst auf den regen und gewinnreichen Handels=
betrieb ihrer fremdländischen Mitbewerber hinblicken ließ.
Die letztern wichen indeß im Gefühl ihrer weit unter=
legenen Kopfzahl jedem Zusammenstoß geschickt und be=
sonnen aus, legten niemals ein übermüthiges Behaben
an den Tag und hatten augenscheinlich ihre Zugehörigen
angewiesen, wenn es Abends auf den Gassen zu Reibe=
reien gerathe, Herausforderung und Spott ruhig über
sich ergehen zu lassen und in ihre Behausungen zurück=
zukehren. Nur einmal wurden sie in eine größere und

blutige Schlägerei verwickelt, gegen die sie am andern
Morgen Klage bei den deutschen Oldermännern ein=
brachten. Zu seiner Ueberraschung und Befriedigung zu=
gleich war Osmund Zeuge, daß besonders auf eifriges
Betreiben Herrn Tiedemann Steens sofort der „Kauf=
mannsrath", in der Gerichtsstube bei St. Marien zu=
sammengerufen, eine strenge Untersuchung angestellt, die
Hansen zum größten Theil als schuldig befunden und
ihre Rädelsführer zu mehrwöchentlicher Gefängnißstrafe
bei Brod und Wasser verurtheilt wurden. Freilich nahm
es Osmund Wunder, daß er die derartig Gezüchtigten
mehrmals im Vorüberkommen bei solcher Kost hinter den
Eisentrallen ihrer Fenster laut singen und lachen hörte,
einmal stießen sie offenbar rasselnd sogar ihre Becher gegen=
einander, als ob dieselben statt mit Wasser mit besser
mundendem Getränk angefüllt seien, aber Osmund Wer=
neking mußte sich nach dem Vorgang eingestehen, daß er
sich einer zu üblen Vormeinung hingegeben und wider
sein Erwarten bei gewichtigen Anlässen doch ernsthafte
Zucht und unparteiischer Rechtsspruch im hansischen Kauf=
hof walte. Ihm mißfiel überhaupt seit dem Ablauf der
Regenwochen der Aufenthalt zu Bergen weniger als zu=
vor. Die günstige Witterung verstattete ihm täglich, auf
die hochsommerlich zugänglichen Berge der Umgegend bald
nach dieser, bald nach jener Richtung hinaufzusteigen und
über das ungeheure, tausendfältige Gewirr der schmalen

Wafferarme, schwarzer Klippen, Schäreninseln, jäher Felsstürze und rauschender, weißer Stromfälle hinweg zu
schauen. Gleich unabsehbar gestreckt, lag darüber hin
ostwärts das schneebedeckte Hochgebirg des Kjölengrats
und gen Westen der endlose dunkle Atlantische Ocean.
Träumerisch gedachte der junge Urenkel Dietwald Wernerkins da droben manchmal, daß diesen einst solcher
Anblick desselben unermeßlichen Meeres mit seinen Gedanken in die Weite gezogen, als müsse die See drüben
irgendwo an ein anderes, der Menschheit fremdes Ge-
stade anschlagen. Und er wußte auch, daß sie dort an
den Felswänden von Island und Grönland solche Ufer fand,
doch es waren noch unwirthlichere Küsten als diese, nur
von entbehrungsgewöhnten, wetterharten, gewinntrachten-
den Fischern in den kurzen Sommermonden besucht und
nicht geeignet, Sinne und Seele verlockend zu sich hinüber-
zuziehen. Aber noch weiter hinüber sollte das sagen-
hafte „Vinland" liegen, von dem die Märe verkündigte,
daß in grauer Zeit ein junger Normannenfürst, Erichs
des Rothen Sohn, dorthin die Segel gespannt, und zu
umschweifendem Sinnen regten die windumsummten Bergkuppen immer wieder auf's neue. Eine lautlose, unge-
heuerliche Einsamkeit breitete sich um den Betrachtenden,
besonders nach Norden, wohin er mit Vorliebe seine
Wanderung lenkte. Als ein kleines, einziges Häuflein
Leben lag in der Tiefe hinter ihm die Stadt Bergen,

vor ihm ging der Blick nur in eine verworrene, unbe=
bewohnte Wasser= und Felswildniß hinunter, die sich
wie ein Schluchtenlabyrinth des Todes aufbehnte und
übereinanderwälzte. Kein Anbau und keine Saat war
ringsum als die der Natur, Haideblumen zwischen kurzer
Grasnarbe und ins Gestein festgeklammerte, windmurrende,
oftmals blitzerspaltene Föhren. Nur einmal gewahrte
Osmund vor sich einen jungen, wie es schien blondhaa=
rigen Mann in Schiffertracht an einer jähen Felswand
sitzend und regungslos auf den Ocean hinausschauend.
Doch ehe er näher an die seltene menschliche Erscheinung
in der Einöde hinankam, stand der Fremde auf und ver=
schwand, behend abwärts steigend, im Gewirr einer unter
seinem Sitz niederfallenden Steinkluft.

Von seiner Bergwanderung heimkehrend, sprach aber
Osmund Werneking an jedem Tage gegen Abend zu
einem Besuch in dem kleinen Häuschen Tove Sigburg=
datters vor, das ihm binnen kurzer Zeit das vertrauteste
zu Bergen geworden, ihn in der fremden Stadt beinahe
heimisch anmuthete. Erwartungsvoll stand das Mädchen
jedes Mal nach seiner Ankunft ausblickend, faßte seine
Hand und führte ihn neben dem rohen Wohnraum, den
er bei seinem ersten Dortsein betreten, in ihre Stube
hinein. Diese bot überraschenden Gegensatz zu der sonsti=
gen dürftigen Ausstattung des Hauses, sie war nur klein,
doch wie ein vielfältig geschmückter Käfig für ein zier=

liches Vögelchen eingerichtet. Die Holzwände wurden
warm und behaglich von gewirkten Stoffen verhüllt, ein
Teppich bedeckte den Boden, und das Fenster wies sogar
einen Verschluß durch runde Glasbuckelscheiben, wie sie
zu Bergen sonst nur noch das Munkholmkloster und die
bischöfliche Wohnung besaßen. Ein paar duftende Blumen
in Topfscherben standen davor, und allerhand Zierrath
lag noch auf Simsen umher, große bunte Muscheln und
vielgeästelte Korallen von fremden, südlichen Meeresküsten,
dazwischen Rennthiergeweih, weißes Möven= und schillern=
des Auerhahngefieder des hohen Nordlands. Eine breite
Bank war ganz mit weichem Eisbärfell überflockt, und
wie das zierliche Vögelchen des Käfigs saß Tove darauf
und Osmund allabendlich um die Dämmerungsstunde
neben ihr. Er war beim ersten Anblick des wohnlich
ausgeschmückten Raumes erstaunt und im Begriff ge=
wesen, seine Verwunderung darüber kund zu thun, aber
dann hatte er bedacht, daß vermuthlich die Mutter Toves
hier gelebt, und die Lippen schnell geschlossen, ehe er ihr
durch eine neugierige Frage weh gethan. An der Mittel=
wand der Stube hing ein sehr kostbares, aus Elfenbein
geschnitztes Crucifix, das ein reiches Angebinde darstellte;
vor dem mochte Sigburg nach dem Vorübergang kurzen
Glanzes und Glückwahnes oftmals in Reue und bitter=
lichen Thränen auf den Knieen gelegen haben. Es schien,
als ob ihre Tochter noch davon wisse, denn ihr Auge

ging immer rasch, wie mit einer geheimen Scheu an dem
Kreuz vorbei.

Sonst aber lag in dem Wesen des Mädchens nichts
Aengstliches und manchmal halb irr Unstätes mehr, wie
bei der ersten Begegnung auf der Stube Osmunds. Sie
war aufgeblüht, ihre blassen Wangen hatten nicht nur
zeitweilig, sondern ständig eine leise Färbung gewonnen,
und kindliche Freudigkeit glänzte in ihren dunkeln Augensternen. Jedes Wort kam ihr von glücklichen Lippen,
zuweilen sogar mit schelmischem Lachen, das absonderlich
zu dem schwermüthigen Klang der Stimme um den feinen
Mund hinglitt. Osmund Werneking wußte oft kaum,
was sie miteinander unausgesetzt geredet, aber die Stunden waren hastig vorübergeflogen. Von Tag zu Tag
kam ihm deutlicher das Gleichniß einer Blume, die vom
Wind in die öde Wildniß verweht, einsam blühte und
duftete. Er sagte sich auch, sie allein bilde den Anlaß,
daß Bergen verwandelt um ihn liege, daß er ohne das
Zusammentreffen mit ihr die Stadt bereits verlassen
haben würde. Doch jetzt dachte er an kein Fortgehen,
freute sich mit dem ersten Gedanken jedes Morgens auf
den Abend. Auch er war von Kindertagen einsam em-
porgewachsen, keinem Menschen bisher mit einem innersten
Gefühl befreundet, kannte niemanden, der an ihm mit einem
solchen hing. Hier zum ersten Male bereitete sein Kommen einem andern ein unverhehltes Glück, blickten ihm

täglich zwei Menschenaugen freudig=harrend entgegen.
Es gerieth ihm schon nicht mehr in den Sinn, daß et=
was Seltsames darin lag, wie er hier abendlich allein
mit dem schönen, fremden normännischen Mädchen zu=
sammensaß, von dessen Herkunft und Lebensumständen
er nichts wußte. Ihn erfüllte eine Empfindung, als ob
er sie schon lange gekannt, bevor sein Blick sie zuerst
wahrgenommen, und als seien sie zwei freundlose Waisen,
die zu einander gehörten. So traulich und lebensschön
war's, neben ihr zu sitzen, ihre kleine, warme Hand zu
halten, mit ihr zu reden und zu hören. Wenn ihre Stimme
durch das öde Haus in der Dankwardsstraße zu Wis=
mar geklungen wäre, so hätte er es nicht verlassen, keinen
Antrieb empfunden, in die unbekannte Welt hinauszu=
ziehen. Warum hatten seine Eltern ihm nicht eine
Schwester gleich ihr verliehen? Ab und zu saß er in
halbem Traum und antwortete zerstreut auf ihre Fragen.
Dann dachte er, wenn er sie mit sich nach Wismar zu=
rücknehme, dann wäre es ja so, als ob seine Eltern eine
Tochter besessen. Nur um der andern Menschen Willen
lag eine Schwierigkeit darin, weil sie nicht seine Schwester
war; aber vielleicht ließ sich durch Nachdenken ein
Mittel ausfindig machen, welches ihre Gegenwart in
seinem Hause auch mit schicklichem äußern Anstande vor
der Welt verband.

So sah jeder Abend sie beisammen. Sie hatte

Bergen niemals verlassen, kannte nichts anderes als die hohen Felswände und das Meer um ihre Heimathstadt und lauschte aufmerksam, wenn er ihr Kunde von andern Ländern und Städten berichtete. Besonders aber vernahm sie gern, was er von seinen Vätern und Vorvätern sprach. Auch von der Gedenkschrift Dietwald Wernerkins und der Umfahrt desselben nach Venedig hatte er ihr erzählt. Dazu schüttelte sie den Kopf, denn sie verknüpfte keine Vorstellung mit dem fremden Stadtnamen. Ihre Kenntniß ging nicht über ein undeutliches Wissen von den drei nordischen Reichen hinaus, und Osmund hatte ihr viel zu erklären. Doch von Dietwald Wernerkin hörte sie am liebsten und sagte plötzlich einmal, dem Sprecher tief in die Augen blickend: „Den hätte ich auch lieb gehabt, er muß grad' so gewesen sein, wie Du jetzt bist." Und athemlos horchte sie, wie er von Elisabeth, der jungen Königin von Norwegen, erzählte. Da durchrüttelte es sie wieder einmal mit einem Schauer und sie fiel ihm ins Wort: „Hieher sollte sie in den alten Thurm? O, nur das nicht! Lieber bei den schlimmsten Ungeheuern am Meergrund!"

Er lächelte: „Was geht denn der Olafsthurm Dich an, Tove, und warum ist er Dein Feind?"

„Ich weiß es nicht," entgegnete sie und schwieg. Aber nach kurzem Zögern fügte sie hinzu: „Mir war's von Kindheit, als sei er nicht von todtem Stein und

Eisen, sondern könne sich plötzlich einmal auseinanderthun
und Arme nach mir strecken und mich darin festhalten,
so lange bis mein Herz vor Schreck und Todesangst
und Müdigkeit still stände. Laß uns nicht von ihm
reden, sondern von Dietwald Wernerkin, der die schöne
Elisabeth so lieb hatte und sie ihn. Ganz anders war
sie als ich, nicht wahr? Aber ich hätte ihn doch nicht
weniger lieb gehabt."

Dann, wie Osmund Werneking ihr willfahrte und
von dem jungen Ritter mancherlei weiter berichtete, griff sie
bei einem Wort plötzlich nach seiner Hand und stieß hervor:

„Zu Gotland war er auch?"

Verwundert sah Osmund sie an. „Warum erstaunt's
Dich? Hast Du von Gotland gehört?"

„Ja" — ihre Lider waren regungslos weit ge-
öffnet, und sie hatte den Arm halb gehoben — „es
muß da drüben liegen — nach Sonnenaufgang" —
und ihre Hand sank, wie von einer Starre gefaßt, langsam
herab.

Ihm kam's heut', sich mit behutsamer Vorsicht nach
ihrer Vergangenheit zu erkundigen, wie sie in dieses
Haus und zu Vrouke Tokkeson gekommen sei. Sie antwortete: „Es war immer so, nachdem meine Mutter
gestorben." Das mußte vor sieben oder acht Jahren
geschehen sein, sie wußte es nicht genau, und er fragte:

„Doch Vrouke, wie kam die dann zu Dir?"

„Ich glaube, jemand — der Herr Bischof, glaube ich, hat es angeordnet."

„Und war diese Stube schon eben so, als Deine Mutter starb?"

Sie schüttelte den Kopf. „Nein, wie die andere daneben, die Wände nicht so und alles, auch das nicht."

Ihre Hand deutete nach dem Crucifix; über Osmunds Gesicht ging ein Zug des Nachsinnens. „Das stammt vermuthlich gleichfalls von dem Herrn Bischof?"

Ein Nicken ihrer Stirn bejahte. „Er brachte es mir zur letzten Juulnacht."

„Und alles Andere kam wohl auch von ihm?"

„Schon früher glaub' ich; er meinte, die Holzwände des Hauses seien zu kalt."

„Da bist Du wohl traurig, daß er so lange verreist ist?"

Sie entgegnete hastig: „Nein, ich bin froh darüber," und sie fügte hinterdrein: „Sonst muß ich bei ihm lesen und schreiben, und ich thu's nicht gern. Wozu soll ich's erst lernen?"

„Hältst Du's denn nicht für gut, das zu können?"

„Für andere gewiß, die so lange leben, um es nöthig zu haben."

Da schimmerte ihr wunderlicher Glaube wieder hervor, daß sie jung sterben müsse, das Scheue und Unruhige ihres Wesens kam über sie und sie blickte Osmund bittend an, sie nicht weiter zu befragen. Er wußte auch, daß es fruchtlos sei und ihrem Verstummen keine Antwort mehr abringe. So verließ er sie, Vrouke Tokkeson, die harrend im Nebenraum stand, wie allabendlich eine begierig von ihr erhaschte Geldmünze darreichend, auf welche sie stets erwiderte: „Der Herr befehle, was er von mir verlangt!" Ein neuer Gedanke aber begleitete ihn heut' durch das tiefe Dämmerlicht heim. Langsam war derselbe in ihm aufgekeimt, doch an diesem Abend zur Gewißheit erwachsen, daß Tove Sigburgsdatter eine Tochter des Bischofs Torlef sei. Das lag als Geheimniß um sie her, sie selbst wußte es nicht und durfte es nicht wissen, wie keiner sonst in Bergen. Nur Vrouke Tokkeson besaß vermuthlich Kunde davon und war von ihm zur Behüterin seines Kindes, dessen Vater er sich nicht benennen durfte, auserwählt. Daher fügte sie sich auch unterwürfig allen Wünschen und Willensäußerungen des Mädchens, das die Quelle ihres gesicherten Lebensunterhaltes bildete.

Der Gedanke, ob es unter solchen Umständen möglich sein werde, Tove mit nach Wismar hinüber zu führen, beschäftigte am folgenden Tage Osmund auf seiner gewohnten Bergwanderung, so daß er, nur selten um sich schauend, stundenlang weiter schritt. Dann erkannte er erst, daß er eine schon einmal eingeschlagene Richtung innegehalten, als er, zufällig aufblickend, in ziemlicher

Entfernung wieder den jungen, blondhaarigen Schiffer
vor sich auf der nämlichen jähen Felswand sitzend gewahrte, wo er denselben bereits vor einigen Tagen von
weitem gesehen. Ebenso jedoch wie damals stand der
Fremde, nachdem er flüchtig den Kopf gedreht, auch heute
rasch auf und verschwand unter dem Steinhang. Es
konnte kein Zufall sein, sondern er entzog sich in augen-
scheinlicher Absicht einem Zusammentreffen mit Osmund
und ließ diesen in einer Art neugieriger Verwunderung
über die Wiederholung des Vorganges bis zu der verlassenen Stelle hinschreiten. Einige kleine Haideblumen
lagen dort abgepflückt an der senkrecht niederstürzenden
Wand, die nur rechtshin auf zackigen Vorsprüngen ein
Hinunterkommen in eine enge, düster-leblose Kluft er-
möglichte. Der Nachschauende wußte, daß alles menschliche Leben, selbst die Kenntniß des tausendfältigen
Klippen- und Buchtengewirrs nach dieser Richtung ein
Ende nahm, nur Schwärme von großen Wasservögeln
jagten und kreischten über der unzugänglichen Wildniß,
und es lag nahe, unwillkürlich Vermuthungen darüber
anzustellen, von wo der fremde, nicht normännisch er-
scheinende Schiffer hieher komme, wohin er sich fortbe-
gebe und weshalb er bei der Annäherung eines Menschen
verschwinde. Doch hing Osmund Werneking diesem Antrieb eines flüchtigen Neugierreizes nicht lange nach;
als er indeß nach Ablauf einiger Tage den gleichen Weg

einschlug und schon aus weiter Entfernung die nämliche
Erscheinung in der späten Nachmittagssonne drüben
flimmern sah, überkam es ihn wie mit der Lust eines
Jägers, ein fluchtbereites Wild zu umstellen und demselben den Rückweg zu seiner unbekannten Behausung
abzuschneiden. Vorsichtig wandte er sich in weitem
Bogen zur Rechten ab, suchte sich durch Geröll und
Gestrüpp einer Senkung unbemerkt einen Weg und
klomm endlich behutsam gegen die Richtung empor, wo
er den Sitz des Fremden muthmaßte. Er hatte sich auch
nicht getäuscht, denn unweit hinter demselben hob er den
Kopf herauf, zugleich indeß löste sich unter seinem Fuß
ein lockerer Stein, polterte mit Gelärm abwärts, der
Sitzende flog jählings in die Höh und dem zackigen
Abweg zu. Doch Osmund erreichte mit einem Sprunge
diesen zuvor und rief von der Anstrengung halb athemlos und halb lachend: „Heut' mußt Du mir für mein
Klettern das Vergnügen machen, davon zu fliegen, Freund,
oder mir ein wenig Rede stehen, weshalb man auf dem
graden Wege nicht zu Dir kommen kann!"

Der Angesprochene war, da er sich den Rückpfad
verlegt sah, rasch von seinem Vorsatz abgestanden, hatte
sogleich den Kopf wieder gedreht und lief hurtig an dem
senkrechten Niedersturz der Felswand entlang. Doch
diese bot nirgendwo die Möglichkeit, hinab zu gelangen,
ein Entkommen für ihn war nur aufwärts gegen Bergen

zu denkbar, offenbar indeß zauderte er und schien sich
keinen Gewinn von solchem Wettlauf zu verheißen. Statt
dessen hatte er sichtlich einen andern Plan ausgesonnen,
denn als Osmund nun auf ihn zutrat, suchte er mit
plötzlicher Umwendung behend an demselben vorbeizu=
schlüpfen und so den Abstieg nach unten zu erreichen.
Aber der Jäger griff noch rechtzeitig nach dem absonder=
lichen Wild, packte ohne viel Schonung derb den Arm
unter dem Schifferwamms und lachte: „Erst woher und
wohin des Wegs, Freund! Du bist gelenk wie ein
Wiesel, zum andern Mal möcht' ich Dich nicht wieder
einfangen." Der junge Fremde stand jetzt, doch gab,
sein Gesicht abdrehend, keine Antwort; Osmund Werneking
gewahrte überrascht zum ersten Male die Hände des von
ihm Gehaltenen und ein merkwürdig weißes, zartes Auf=
blinken zwischen dem Nackenrund des groben Wollenge=
wandes und dem halblangen, hellblonden Haar. Mit
unwillkürlicher Handbewegung erfaßte er die breitkrämpig
das letztere überschattende Südwesterkappe, zog sie rasch
herab, und aus derselben tauchte, auf den ersten Blick
unverkennbar, nicht der Kopf eines jungen Mannes,
sondern der eines etwa achtzehnjährigen Mädchens her=
vor. Die Hände, der Nacken und das ganze Behaben
der schlank=anmuthigen Gestalt hatten Osmund dies schon
seit einigen Augenblicken wahrscheinlich gemacht, allein
dennoch sah er jetzt ungläubig staunend auf das enthüllte

Antlitz, denn es war nicht das einer normännischen Schifferstochter, sondern von edelster Feinheit der Züge, an Farbe so der Frühlingsschönheit eines Blüthenbaumes ähnlich, wie er noch nicht Gleiches gesehen. Betroffen und erschreckt über sein Gebahren gegen sie, zumal daß seine Hand ihren Arm mit so rücksichtsloser Derbheit umfaßt, wich er jetzt hastig einen Schritt zurück und sprach stotternd:

„Vergebt mir, Jungfrau — wer Ihr sein mögt — glaubet mir, daß Eure Tracht mich betrog und ich sonst mich nicht vermessen hätte, Euch zu schrecken und mit frecher Hand anzutasten. Sagt, welche Strafe ihr dafür gebührt, sie soll's nach Eurem Wort entgelten."

Mehr noch als seine Anrede that der Ausdruck seines Gesichtes Reue und ehrerbietige Bewunderung kund. Das schöne Mädchen hatte die Lider gegen ihn aufgeschlagen, und zwei helle Augensterne leuchteten schimmernden Thauperlen gleich auf, als ob das zarte Antlitz umher nur ein Blumenkelch für ihren zauberhaften Himmelsabglanz sei. Dann trat sie lautlos rasch vorüber, auf ihren gewohnten Abweg zu.

Osmund Wernekings Arm vollzog keine Bewegung mehr, sie zu halten. Trotz der befremdlichen Kleidung lag nicht nur alle Lieblichkeit eines Weibes, sondern auch eine hohe, stumm-gebietende Jungfräulichkeit in der räthselhaften Fremden, und er verneigte sich widerstandslos vor der schweigsamen Kundgabe ihres Willens. Sie schritt weiter, dem Rande der Felswand entgegen; als sie denselben erreicht, hörte sie den Fuß Osmunds hinter sich, drehte die Stirn und fragte:

„Was wollt Ihr?"

Es war der erste Laut ihrer Stimme, und nochmals überrascht blickte er sie an, denn sie hatte die Frage in deutscher Sprache an ihn gerichtet. Dann antwortete er:

„Euch folgen."

Nun gewahrte er, daß sie heftig erschrak. „Ihr könnt's nicht," erwiderte sie schnell, „Ihr würdet in den Abgrund stürzen."

Doch er versetzte: „Was Ihr könnt, vermag ich auch, und müßt' ich auch stürzen, ich folg' Euch nach."

Nun fiel sie unruhvoll ein: „Ihr dürft's nicht!"

„Der Weg ist jedem offen; seid Ihr die Herrin desselben, daß Ihr's verbieten könnt?"

„So bitte ich Euch."

„Und ich versprech' es Euch, wenn Ihr Euch bitten laßt."

„Wozu bitten?"

„Daß ich Euch nicht nachzufolgen brauche."

Es hieß: „Wenn Ihr bleibt" — der Mund hatte es nicht mit gradem Wort gesprochen, aber sein Blick redete es so deutlich, daß sie es verstand. Und offenbar lag ihr alles daran, ihn von seinem Vorsatz abzubringen, den sie auf andere Weise zu hindern nicht Macht besaß, denn nach kurzem Bedenken erwiderte sie nun:

„Gelobt Ihr's mir, wenn ich bleibe, mich nachher zu lassen, ohne zu forschen, wohin ich gehe, noch mich zu fragen, wer ich sei und wie ich hieher komme?"

Er zauderte mit der Entgegnung, doch sie trat jetzt rasch auf ihn zu, streckte die Hand gegen ihn aus und fügte drein:

„Wollt Ihr mich ängsten? Sonst gelobt's mir auf deutsche Hand und deutsches Wort!"

In ihre wundersamen Augen war ein Ausdruck der Angst gestiegen, daß es Osmund Werneking mit einem unbestimmten jähen Schreck befiel, wenn er sie nicht beruhige, könne ihr Fuß sie plötzlich zu einem verzweifelten Entschluß treiben; sein Blick maß schauernd die schwindelnde Tiefe, neben der sie standen, und hastig ihre Hand erfassend, um gewiß zu sein, daß er sie zu halten vermöge, gab er Antwort:

„Ich sag's Euch zu, was Ihr verlangt — und wenn Ihr jetzt gehen wollt, so geht — ich will nicht nach Euch forschen."

Seine Miene und sein Benehmen redeten verständlich, nicht er sei der Obsiegende bei der seltsamen Begegnung geblieben, sondern unterwerfe sich in fast scheuer und demüthiger Verwandlung ihrem Willen. Ein Lächeln

ihrer Lippen zeigte, daß sie es erkannte und alle Furcht
jetzt in ihr beschwichtigt sei und sie versetzte:

„Wenn ich gewußt, daß Ihr so ritterlicher Sinnes-
art seid, hätte ich nicht schon etliche Male vor Euch zu
entrinnen gebraucht. Ich war Euch gram, denn ihr
nahmt mir das Liebste, hier oben sitzen zu können und
zu gewahren, wie die Sonne ins Meer hinabgeht. Da
Euer Gelöbniß es mir vergönnt, hab ich heut nicht Anlaß, wiederum darauf Verzicht zu thun.“

„So seid Ihr mir heut nicht mehr gram, Jungfrau?“

Sie schüttelte den Kopf. „Ich habe manchmal gedacht, es müsse schön sein, hier in der Einsamkeit mit
Jemandem reden zu können. Möchtet Ihr nicht wissen,
was drüben über den Wellen sein mag, wenn man weiter
und immer weiter segelte, wohin der Blick nicht reicht?
Mir ist's oft, als müsse die See gleich dem Himmel
beim Tageslicht sein, daß unsere Augen nur ihre Sterne
nicht sehen.“

„Das denket Ihr und darum kommt Ihr hierher?“
erwiderte Osmund stockend. „Ihr habt recht, es muß
schön sein, hier oben mit Jemandem darüber zu reden, wenn
man die gleichen Gedanken mit heraufbringt.“

„Auch Ihr? So setzet Euch doch zu mir,“ antwortete sie frohsinnig, sich auf die weiche Grasnarbe am
Felshang niederlassend, und er folgte ihrem Geheiß.

Sie war so von aller Besorgniß frei und so unbefangen
jetzt, als sei nichts Befremdliches zwischen ihnen, sondern
ihr Beisammensitzen und Reden hier vollkommen begreif=
lich und natürlich. Ihn dagegen umgab's wie ein märchen=
hafter Traum. Er sprach und gab Antwort auf ihre
Fragen, doch unablässig dachte er vergebens, wer sie sein
könne und wie sie hierher gelange. Ihre Worte und
ihr Wesen waren kunstlos einfach, gleich einer lieblichen
Feldblume, und doch lag ein vornehmer Schimmer und
Hauch um sie gebreitet; in der Stadt Bergen wußte
niemand von ihr, sonst hätte er es lang vernehmen ge=
mußt. Unverkennbar aber gedachte sie nichts anderes als
an die Gegenwart der sonnenschönen Abendstunde und
gab sich freudig der Mittheilung ihrer bisher einsam ge=
hegten Empfindungen hin. Manchmal erschrak Osmund
Werneking dabei, als müsse sie in seinen Gedanken lesen,
daß diese einen Bruch seines Gelöbnisses begingen, und
als könne sie zur Strafe dafür plötzlich auch märchen=
gleich von seiner Seite verschwinden. Nun hatten sie
ein Weilchen verstummt gesessen, als das Mädchen
sprach:

„Jetzt geht sie gleich hinab, dann muß ich fort.
Ihr seid schweigsam geworden, warum habt Ihr mir
noch nicht gesagt, wer Ihr seid und wie Ihr heißt?
Wollt Ihr's nicht?"

Er fuhr aus seinem Sinnen und entgegnete leicht

stotternd: „Ich habe nicht Grund, es zu verbergen." Dann klangs ihm im Ohr, daß ein Vorwurf für sie darin gelegen, und er nannte haftig seinen Namen und seine Herkunft. Doch es trieb ihn widerstandsunfähig, zögernd hinterdrein zu fügen: „Es ist nicht gleiches Recht zwischen uns, daß ich Euch nicht um Euren Namen befragen darf — aber mich däucht, ich weiß ihn dennoch."

Sie blickte ihn verwundert an. „Seid Ihr ein Schriftdeuter, der in der Hand liest, oder hat der Wind ihn Euch genannt?"

„Nein, die Sonne."

Diese trat jetzt als eine glühende Kugel auf den Rand des Oceans und warf ein röthliches Licht über das goldhelle Gelock und das liebliche Blüthenantlitz des Mädchens, das, die Lider vor der Strahlenblendung halb niedersenkend, mit einem ungläubigen Lächeln erwiederte:

„Und welchen Namen hätte die Sonne Euch genannt?"

„Elisabeth."

Ein Roth, das nicht von dem Feuerball des Himmels stammte, war über sein Gesicht aufgeflogen, doch sie schüttelte zu der Antwort den Kopf und entgegnete:

„Die Sonne mag Eure Freundin sein und Euch vieles vertrauen, das hat sie Euch nicht richtig gekündet.

Aber Ihr sollt nicht sagen, daß ich ein Recht vor Euch voraus haben wolle; meinen Namen dürft Ihr wissen, wenn Ihr's verlangt. Elisabeth gefiele mir wohl besser, zumal da Euer Mund es mit besonderm Klang gesprochen, doch ich hab auf so Schönes nicht Anspruch, sondern heiße Wilma Oldigson."

Seine Miene verrieth gleichfalls Ungläubigkeit, er wiederholte ein Wort von ihr:

„Und habt Ihr mir das richtiger gekündet als die Sonne?"

„Warum zweifelt Ihr daran?"

„Das ist kein deutscher Name."

„Darum ist's doch meiner."

„So ist Eure Mutter eine Deutsche?"

„Ihr täuscht Euch wiederum, sie war's nicht, sondern mein Vater ist's."

Es war Wilma Oldigson in unverständlichem Widerspruch mit ihrem Geschlechtsnamen entflogen, sie hob rasch gen Westen deutend ihre Hand und setzte hinzu:

„Seht, nun taucht sie nieder — und mahnt mich, daß ich zurück muß."

Die letzte Hälfte der Sonnenscheibe versank, ihr rother Glanz erlosch auf dem Antlitz des Mädchens, als ob eine plötzliche Blässe dasselbe befalle, und ein auffahrender Windstoß, der das Nadelgezweig einiger alten Föhren durchrüttelte, schien auch sie mit einem Schauer

zu überrinnen. Einen Augenblick war es Osmund Werne=
neking sonderbar, wie wenn ihr Gesicht ihn an ein an=
deres erinnert habe, er wußte nicht, womit, noch wann
und wo er es gesehen. Aber in einem Nu zerging die
Täuschung und waren es wieder, keinen sonst auf der
Welt vergleichbar, die wunderholden Züge Wilma Oldig=
sons. Sie hatte gesprochen, daß sie gehen müsse, und
stand doch zaubernd; nun fragte er herzklopfend:

„Werd ich Euch niemals wieder gewahren?"

Um ihren Mund ging ein leicht schalkhafter Zug.
„Wohl nicht, wenn Ihr kein Begehren tragt, die Sonne
hier wieder ins Meer gehen zu sehen."

„Doch wenn ich deshalb hierher zurückkäme?"

„So könnt ich's Euch nicht verbieten und würde
auf Euer Gelöbniß vertrauen wie heut."

„Ich habe gelobt, nicht zu erkunden, wohin Ihr
geht — darf ich Euch auch nicht befragen, wie oft Ihr
noch hierher kommt?"

Sie fuhr, wie von einem schreckhaften Gedanken an=
gerührt, sichtbarlich zusammen und warf einen schnellen
Blick nach der blauen Himmelsrunde, als ob sie an
dieser eine Antwort suche. „Ich weiß es nicht," erwie=
derte sie, „morgen wird der Tag vermuthlich still und
klar sein wie heut, dann komme ich hieher. Lebt wohl
— und habt Dank für Eure List."

Ein feines Roth färbte ihr den Stirnrand; Osmund
entgegnete:

„Reicht mir ein Zeichen, daß Ihr sie mir ver=
geben."

Sein Blick ruhte bittend auf ihrer schlanken Hand,
sie reichte ihm dieselbe dar, dann ging sie. Er blieb
stehen, sah ihr nach und erkannte, was ihn, mehr noch
als ihre Tracht, früher und auch heut in der Nähe noch
über ihr Geschlecht getäuscht. Ihr Gang hatte etwas
von der Eigenart derer, die nicht auf festem Boden zu
schreiten gewöhnt sind; sie trat nicht mit der bedachtsam
plumpen Bewegung eines Schiffers auf, doch ein an=
muthsvoll=leichter Anflug derselben ließ sie sich leise beim
Gehen in den Hüften wiegen. Nun hatte sie den Fels-
abstieg erreicht, im Niedertauchen drehte sich ihre schon
verschwundene Gestalt, daß nur der blonde Kopf mit den
hellen Augensternen noch einmal herübersah, dann lag
die Gesteinplatte um Osmund Werneking leer und ein=
sam. Ihm war's, als sei er aus einem Traum erwacht,
der Abendwind schauerte in Stößen um ihn, er horchte
mit fieberhaft angespanntem Ohr, kein Laut kam aus
der Richtung, in der die räthselvolle Fremde verschwun=
den, nur der eigene Herzschlag tönte ihm wie eine un=
bekannte Stimme aus seiner Brust bis in den Kopf
herauf. Widerstrebend wandte er endlich den Schritt,
denn er hatte stundenlange Weglosigkeit bis nach Bergen

zurück. Seine Gedanken schossen ziellos hin und her, die lange Dämmerung des Nordens begleitete ihn, doch vor den Augen flimmerte ihm unausgesetzt ein Trugbild, das eine sonnenbeglänzte Fläche um ihn breitete, darüber ritt auf weißem Pferde ein Reiter gegen hoch am Himmel ragende Thürme hinan. Ohne sein Vorwissen sprach er zuletzt halblaut vor sich hin: „Es ist Dietwald Wernerkin, er reitet von Elisabeth von Holstein über die Haide gen Lübeck."

Da zerriß die Täuschung, sehr andersartig als die stolze Löwenstadt lag der Häuserhaufen der norwegischen Felsenwildniß im letzten Zwielichtsschimmer unter ihm am Berghang. Er kam am Munkholmkloster vorüber, doch erst nach einer Weile besann er sich, daß er auch an der kleinen Gasse mit dem Hause Tobes vorbeigeschritten sei und daß sie heut vergeblich auf sein Kommen geharrt habe. Sollte er noch umkehren? Er sagte sich, es sei zu spät, sie warte wohl nicht mehr, schlafe vermuthlich schon. Auch er war müde, so sinnberückt süß ermüdet wie noch nie in seinem Leben zuvor, daß er, ohne die „Familie" Herrn Tiedemann Steens am Abendtisch mehr aufzusuchen, gradaus zu seiner Stube hinanstieg und sich angekleidet auf sein Nachtlager hinstreckte.

Mit wechselnden Träumen kam der Schlaf über ihn, doch alle setzten unablässig ihm nur die Erinnerung und die Fragen des Nachmittags fort. Immer saß sie

vor ihm auf der einsamen Höhe, sonnumflossen, bald un=
erreichbar weit, daß er, athemlos vorwärtslaufend, ihr
nicht näher zu gelangen vermochte, bald stand er plötz=
lich neben ihr und sie redeten miteinander, als ob sie
es schon oft so gethan, und es sei natürlich, daß sie dort
beisammen verweilten. Aber dazwischen schlug sein Herz
mit rastlosem Klopfen: „Wer ist sie? Von wo kommt
sie und wohin geht sie? Weshalb mit dem kurz ge=
schnittenen Haar und in der groben Männertracht?"
Sie bewegte sich darin, als habe sie niemals andere
getragen und finde nichts Befremdliches daran, und er
sagte sich, die Kleidung ihres Geschlechtes könne ihre
weibliche Anmuth auch kaum noch erhöhen, denn aus der
plumpen Gewandung leuchtete ein geheimnißvoller Schim=
mer des Liebreizes ihrer Gestalt, der den Zauber eines
Märchenswesens um sie her wob. Nun hob sie sich vom
Sitz und schritt dem Felsenabstieg entgegen, doch ihr Fuß
berührte den Boden nicht, sondern glitt schwebend dar=
über hin. Die Sonne versank mit ihr zugleich, im Auf=
rauschen des Windes sprach die Stimme Herrn Johann
Wittenborgs: „Siehst Du nicht, daß es Elisabeth von
Holstein ist, ein Fürstenkind — nach dem Goldpirol
spannst Du den Bogen nicht, Knabe" — und Osmund
Werneking fuhr aus seinen Träumen ins Morgenlicht
auf. Es duldete ihn nicht unter der rohen Menschen=
umgebung des Hauses, trieb ihn ins Freie hinaus. Ziel=

9*

los wanderte er umher; als er durch Zufall in die Nähe
des Munkholmklosters gerathen, trug der Fuß ihn halb
in unbewußter Gewohnheit dem Hause Tove Sigburg=
datters zu. Wie er hineintrat, stieß das Mädchen einen
Jubelruf aus, flog ihm entgegen und zog ihn an der
Hand in ihre Stube. „Warum kamst Du gestern
nicht?" fragte sie haftig. „Ich habe die Nacht in Angst
gewacht, daß Du krank geworden." Er antwortete:
„Ich habe mich im Gebirg verspätet und kehrte erst im
Dunkel heim." — „Und weshalb kamst Du dann nicht
noch und ließest mich so traurig warten?"

Ihr klagender Ton that ihm weh und erfüllte ihn
mit Reue. Er konnte nicht erwidern, daß er sie ver=
geffen und als er ihrer nachher gedacht, sich kurz be=
schwichtigt, sie werde nicht mehr auf ihn warten, denn
ihr Gesicht sprach noch mehr als ihre Worte, sie habe die
ganze Nacht in Sorge geharrt. Freundlich strich seine
Hand ihr über das dunkle Haar und er antwortete:
„Ich war sehr müde, mein kleines Schwesterchen, doch
Du siehst, ich bin dafür heut Morgen gleich zu Dir ge=
kommen."

Er erröthete etwas, denn sein letztes Wort sprach
Unwahrheit, nicht sein Vorsatz, sondern der Zufall hatte
ihn hergeführt. Doch nun war sie glücklich und entgeg=
nete: „Ja, Du bist gut — aber einen Entgelt bleibst
Du mir doch schuldig für gestern Abend, versprich ihn

mir! Ich habe darüber gedacht, als ich nicht schlief, was ich mir wünschen wollte, wenn Du heut kämest."

„Und was war das Tove? Ich verspreche es Dir im voraus."

„Daß ich Dich heut Nachmittag einmal begleiten darf, wenn Du auf den Berg gehst."

Er stieß mit plötzlichem Schreck heraus: „Nein, das nicht! Alles sonst, was Du willst!" Ein schmerzlicher Zug der Enttäuschung fiel mit tiefen Schatten über den Frohsinn ihres Gesichtes, und einem Schattenspiel gleich huschte es sonderbar an Osmund Wernekings Augen vorüber. War es möglich, daß es Tove gewesen, an die ihn gestern einen Moment lang Wilma Oldigsons blondes Antlitz errinnert? Es ließ sich nichts Verschiedeneres auf Erden denken, und dennoch war's ihm deutlich zum Bewußtsein gelangt, wie die bange Betrübniß eben über ihre Züge gefallen, in diesem Augenblick hatten auch diejenigen der Tochter des Bischofs Torlef eine im Nu wieder erloschene Aehnlichkeit mit denen der räthselhaften Fremden geboten. Doch er besaß jetzt nicht Zeit, einen Gedanken an diese seltsame Erscheinung zu knüpfen, sondern mußte, um den Kummer des Mädchens über die Weigerung ihres Wunsches zu begütigen, einen Vorwand seiner unbedachtsam heftigen Verneinung ersinnen, und fügte sanft und tröstend hinterdrein:

„Ich erfüllte es Dir gern, Tove, doch um Deinet-

willen darf's nicht geschehen, daß Du im Tageslicht vor
aller Augen mich allein ins Gebirg begleitest. Die
Menschen sind begierig, von einem schönen Mädchen
Uebles zu reden, und Du bist mir lieb, daß ich Dich
davor behüten muß. Aber bald steht in der Nacht der
Mond hell am Himmel, dann will ich Dich einmal holen,
daß wir zusammengehen, wohin Du willst."

Sie hatte den Kopf an seine Schulter gelegt, bog
die Stirn gegen ihn auf und sah ihm eine Weile verstummt, doch mit unruhigem Blick in die Augen. Aber
dann sagte sie leise:

„Wenn Du's mir abschlägst, weil Du mich lieb
hast, da ist's mir noch lieber, als hättest Du es mir
zugesagt. Doch im Mondenschein holst Du mich gewiß,
das hat Deine Hand mir versprochen."

Ihre kleinen weichen Finger schlangen sich um
seine Hand und hielten dieselbe, bald spielend, bald sich
daran festklammernd, so lang' er blieb.

„Gewiß hält sie ihr Gelöbniß, meine kleine Tove,"
bestätigte er liebreich. Heut' erschien sie ihm völlig wie
ein Kind, das in der Verlassenheit seines Schutzes und
tröstlich erheiternden Zuspruches bedürftig sei. Mit
einem heimlichen Vorwurf empfand er's, daß es ihm seit
gestern nicht mehr das Liebste geblieben, hier bei ihr zu
sitzen, und er gelobte sich, sie nie wieder in traurigem
Zuharren vergeblich auf ihn warten zu lassen. So ant=

wortete er, als sie ihn beim Abschied mit etwas un=
sicherer Hoffnung befragte, ob er am Abend heut' noch=
mals komme: „Heut' und immer, mein Schwesterchen,
nur mag's vielleicht etwas später werden, aber die Nacht
wird niemals kommen, ohne daß ich Dir gute Ruh zu=
vor gewünscht."

Doch trotz dieser Zusicherung erfüllte nicht die glück=
liche Freudigkeit wie sonst, sondern eine ziellose Unruhe
wieder den Blick, mit dem die Augen Toves ihm heute
nachsahen.

Der Nachmittag gewahrte Osmund Wernekind auf
dem Weg, den er gestern gegangen. Immer hastiger
eilte er den Berg hinan, bis er athemerschöpft auf die
Höhe gelangte und in weiter Ferne drüben über dem
Absturz der Felswand ein sonnenumflimmertes Pünkt=
chen unterschied. Unendlich langsam nur wuchs es ihm
zu der Gestalt Wilma Oldigsons empor, dann aber setzte
sein Herz plötzlich einen Schlag aus, denn nun erkannte
er deutlich, ihr Antlitz war nicht wie sonst aufs Meer
hinüber gewandt, sondern in die Richtung, aus der er
gegen sie hinankam.

* * *

Der Augustmond war bis zu einem Sonntag in
seiner Mitte vorgeschritten, am Abend zuvor hatte Os=
mund Werneking beim Abschied von Wilma Oldigson

gesprochen, daß er am nächsten Tage nicht wiederzu-
kehren vermöge, da er von einem schon lang angesetzten
Waldfeste der Hansen nicht fortbleiben dürfe, ohne Auf-
sehen zu erregen, und nach dem Mittag begann der Zu-
zug von mehrern Tausend Köpfen der deutschen Kaufleute, Gesellen und „Schuster" nach der ostwärts von
Bergen belegenen Feststätte am Ufer des stillen Landsees,
den Osmund am Tage, eh' er zum ersten Male mit
Tove Sigburgsdatter zusammengetroffen, umschritten gehabt. Es war zunächst auf „Hänselung" der Stuben-
und Bootsjungen im Freien abgesehen, mit denen stundenlang barbarische „Wasser- und Staupenspiele" angestellt
wurden, dann jedoch wechselte die Vergnügungslust mit
nicht minder ungeschlachten „Grölspielen" ab. Weit
umher in große lärmende Gruppen zertheilt, drängte sich
die Masse um den „Glückstopf", gafften und schrieen
Andere dem „Schauteufellaufen" zu, Schalksnarren trieben
sich überall mit plumpen Späßen dazwischen umher.
Am lautesten herrschte der Jubel und am rohesten war
der Anblick, wo nach einer von der Stadt Stralsund
herübergekommenen neuen Lustbarkeit der „Katzenritter"
mit einer am Baumstamm angenagelten Katze kämpfte,
die er mit seinen Zähnen todbeißen mußte, um dafür
zum Lohn den „Ritterschlag" und Freizeche zu erhalten.
Auch sonstige Nachäfferei adeliger Ritterspiele fehlte
nicht, lächerliche Turniere mit Töpfen statt der Helme

auf dem Kopf und aufgesteppten Thonschüsseln an den
Kollern wurden begangen, und unter ohrbetäubendem
Beifallsgekreisch klirrten die Scherben von den Stößen
und Hieben der hölzernen Waffen zu Boden. Ernsthafter tanzten die Schmiedemeister vor zahlreichen Zuschauern den gefährlichen altgermanischen „Schwerttanz";
es war ein ungeheuerliches, wüst-groteskes, buntes Getümmel, dessen Getöse über den sonst so stillen See
hinausklang. Im Grunde jedoch bildete Alles nur eine
Vorbereitung für den Abend, der die Hauptlust einer bei
der Zeit vor Allem beliebten „Mummerei" bringen
sollte. Bis dahin hatte die Vorschrift Speise und Trunk
verboten, mit Einbruch der Dämmerung aber wurden
zahllose Meth= und Bierfässer herangewälzt, Pechpfannen
und Theerfackeln loderten im Wald und auf der Wiese,
und wie mit einem Schlage hatte die große Mehrheit
aller Gesichter sich in Mummenschanzlarven verwandelt.
Die ehrbaren ältern Kaufleute legten über ihre „Fries-
röcke" zumeist nur lange Mäntel mit dunkeln, völlig das
Gesicht verhüllenden Gugelkappen an, doch tausend tolle
Thierfratzen, Wolfs= und Bärenhäuter brüllten, heulten
und sprangen grellfarbig, possennärrisch und unflätig
durcheinander. Nicht an der Kleidung, aber an Stimme
und Bewegung nahm man gewahr, daß sich jetzt gar
manche Ankömmlinge weiblichen Geschlechts von der
Stadt her in das Getreibe einmischten, ein „Spielgräve"

wartete mit „Trummen und Pfeifen" auf, und bald
kreisten, stampften und taumelten hundert Tanzpaare mit
thierähnlichem Gejauchz über Gras und Gestein. Osmund Werneking hatte den Nachmittag im Gespräch bald
mit diesem, bald mit jenem der Oldermänner des Kaufhofes verbracht, er war einer der Wenigen, welche sich
nicht an der Vermummung betheiligt, die vom Trunk
wachsenden Ausbrüche der Rohheit erfaßten ihn immer
mehr mit Widerwillen und Langeweile zugleich, und er
schritt abseits weiter gegen Ost am ruhigern Seestrande
entlang. Ihm zur Linken hob sich steil und dunkel der
hohe Bergrücken, den er heute seit einer Woche zum
ersten Male nicht besucht; er blieb stehen und schaute
mit einem verlangend sehnsüchtigen Blicke nach der Spitze
desselben empor. Diese lag, doch nur als ein kleines
Theilchen der Kuppe hell bestrahlt, der Mond mußte
drüben hinter dem östlichen Gebirg aufsteigen und ihren
obersten Abschnitt beglänzen, während unten noch völliges
Dunkel herrschte. Nun indeß drehte der Betrachtende
mit unwilliger Regung den Kopf, denn eine Stimme
fragte hinter ihm in normännischer Sprache halblaut:

„Wonach sucht Dein Auge durch die Nacht?"

Eine weibliche Stimme war's, deren Inhaberin,
ganz in eine schwarze Gugel gehüllt, seinem Davon-
schreiten aus dem wüsten Getümmel nachgefolgt sein
mußte, und er entgegnete unwirsch:

„Nicht nach Dir. Geh'! Du störst mich!"

„In Deinen Gedanken?" fragte sie.

„Ich habe Dir gesagt, laß mich, alberne Dirn!"

Ein leises Lachen kam von der kaum im Umriß wahrnehmbaren Gestalt, die im gleichen flüsternden Ton wie bisher erwiderte:

„Als ich Dich hierher gehen sah, dachte ich, Du wolltest zu mir, und da Du zaubertest, kam ich zu Dir herauf. Doch da Du mich fortweisest, nimm nur das, was ich Dir mitgebracht."

Ihre Hand löste etwas weißlich Schimmerndes von der Brust und bewegte es gegen ihn hinan. Es klang ihm jetzt im Ohr, der Ton und die Art ihrer Sprache waren nicht die einer losen normännischen Dirne, und er antwortete rasch und artiger: „Vergib, wenn ich Dir unrecht gethan." Zugleich erkannte er jedoch, daß es eine weiße Teichrose sei, die sie ihm darbot, und er fügte, auf ihren Mummenschanz eingehend, hinzu:

„Bist Du die Nixe des Sees" — er hielt einen Augenblick inne und ein wunderliches Gedächtniß überkam ihn, daß er lächelnd fortfuhr: Oder bist Du von der Art Ingeborgs von Dänemark?"

Die Angesprochene stutzte einen Augenblick, dann entgegnete sie schnell:

„Was weißt Du von Ingeborg von Dänemark?"

Sie hatte es lauter als zuvor geredet, und plötzlich

klang etwas in ihrer Stimme ihm vertraut und er versetzte rasch:

„Was weißt Du von ihr anders als durch mich?" Und er legte lachend seine Hand auf ihre Schulter: „Du hast Dich gut verstellt, kleine Tove, aber Du durftest nicht sagen, daß Du zu mir kämest, weil ich heut' nicht zu Dir kommen gekonnt."

Doch sie spielte ihre Rolle fort und erwiederte mit so gut gekünsteltem Staunen, daß es wie volle Natürlichkeit klang:

„Tove — wer ist Tove? Hast Du sie hier gesucht, da will ich Dich nicht länger fernhalten, sie zu finden."

Mit einer raschen Bewegung entschwand sie aus seinem Gesicht, er rief: „Wo bist Du? Komm, Tove, ich habe Dich ja erkannt, sei nicht so thöricht, sondern bleib' bei mir, daß Dir unter den wüsten Gesellen nicht wieder Uebles zustößt!"

Nun raschelte es leis neben ihm im Gezweig und ihre Stimme gab Antwort:

„Ich war thöricht, aber bin's nicht mehr; die Wasserrose nur hieß mich hieherkommen, um Dir zu sagen: Sei Du auf der Hut vor Herrn Tiedemann Steens Thorheit!"

Es rauschte wieder im hohen Schilf des See-Ufers und Osmund Werneking stand allein. „Was heißt das?"

hatte er überrascht auf die letzten, unverständlichen Worte entgegnet, allein es kam keine Erwiderung mehr. Aergerlich rief er den Namen des wunderlichen Mädchens und fügte freundlicher hinterdrein: „Du wolltest ja mit mir im Mondlicht gehen, Tove, sieh, er kommt gleich von den Bergen — "

Aber alles blieb still, sie kehrte nicht zurück und kein Laut gab Anhalt, wo sie sich verbarg. Wie war sie hieher gelangt, was sollte der Mummenschanz, den sie betrieben, was bedeutete ihr Rathschlag und was wußte sie überhaupt von Herrn Tiedemann Steen? In Gedanken darüber ging er rückwärts, er fand keine Erklärung, als daß sie noch mehr als sie ihm erschien, ein Kind sei und sich neckische Kinderei ausgeklügelt habe. Dann dämmerte ihm als ein Verständniß derselben auf, sie suche ihm Abneigung gegen das Verweilen in Tiedemann Steens „Familie" einzuflößen, damit er am Abend längere Zeit in ihrer Stube verbringe. Das war die „Thorheit", vor der er auf der Hut sein solle, seine eigene; über die mädchenhafte List, unter der sich das eifersüchtig-kindliche Verlangen, ihn bei sich zu haben, barg, lächelnd, schritt er dem tausendstimmigen Gelärm des Festplatzes zu. Der lodernde Schein der Fackeln fiel nur matt noch bis hieher, doch an einem überspringenden Felsen hielt Osmund Werneking, unwillkürlich den Kopf drehend, an. Von rechts her war ein ge=

dämpftes Reden an sein Ohr geschlagen und, selbst im
tiefen Dunkel, gewahrte er unweit vor sich zwischen den
Baumstämmen sitzend mehrere noch eben unterscheidbar
von dem fernen Geleucht angestrahlte Gestalten, die sich
augenscheinlich zu einer ungestörten Zwiesprache hieher
abgesondert hatten. Drei derselben konnte er sich nicht
entsinnen, schon zuvor wahrgenommen zu haben, sie
waren von hohem Wuchs und trugen schwarze, Gesicht
und Körper völlig verdeckende Gugelmäntel. Ein vierter,
eben so, doch in grauer Verhüllung, hatte sich grade von
seinem Sitz erhoben und sprach halblauten Tones: „Also
nach Abmachung, morgen.“ Er streckte seine Rechte aus,
welche zwei der andern erfaßten und schüttelten, während
der dritte nur mit einem kurzen Handwink aufstand.
Nun verneigte der in die graue Gugel Gekleidete sich
mit einer zu Bergen ungewöhnlichen Höflichkeit und
schritt den Pechfeuern zu: auch die übrigen verschwanden,
doch knackendes Reisig unter ihren Füßen ließ vernehmen,
daß sie sich in entgegengesetzter Richtung tiefer in den
Wald hinein wandten.

Ein ähnliches Zusammenverweilen zu irgend einer
Abrede mochte sich in dem Mummenscherztreiben an
manchen Stellen wiederholen, und der nächtliche Vorgang
hatte eigentlich für Osmund Werneking nichts Befrem-
bendes an sich gehabt, so daß er kaum einen Gedanken
daran geknüpft und schon nach wenigen Augenblicken nicht

mehr drüber dachte. Die Gestalt in dem grauen Gugel-
mantel trat vor ihm auf zwischen das Getümmel der
übrigen Vermummten und ergriff einen gefüllten Becher.
Es war Zufall, daß Osmund burstend gleichfalls an das
nämliche Methfaß hinanschritt, nun nickte der andere und
sprach: „Habet auch Durst, Herr Werneking, lasset mich
auf Euer Wohl anklingen!" Seine Hand machte sich,
um den Trunk an die Lippen führen zu können, kurz
das Gesicht frei, und aus der grauen Verhüllung sahen
die Züge Herrn Tiedemann Steens hervor. Verwundert
nahm Osmund dieselben gewahr, er wußte selbst nicht
recht warum und was ihn daran in Ueberraschung versetzte, bis ihm als Grund dafür das eigenthümliche Zusammentreffen der absonderlichen Mahnung Todes und
der abseits geführten Unterredung des Oldermanns mit
den drei schwarz vermummten Unbekannten zum Bewußtsein kam. Das brachte ihn zu einem erneuten und an-
haltenderen, indeß ebenso ergebnißlosen Nachdenken über
die unverständliche Aeußerung des Mädchens, er suchte
eine geraume Zeit lang überall in dem Gedränge nach
den Fremden umher, doch diese befanden sich offenbar
nirgendwo auf dem Festplatz, den Osmund Werneking
jetzt verließ, um sich, des immer trunkenern Gelärms satt,
allein nach Hause zu begeben. Auf dem Gang aber be-
fielen ihn bald wieder andere Gedanken, ein sehnsüchtiges
Verlangen, daß die Nacht und der nächste Morgen erst

vorüber sein möge, damit er seinen gewohnten Nachmit=
tagsweg über die Berge einschlagen könne. Ihm war's,
als sei es nicht ein Tag erst, sondern schon Wochen,
daß er nicht neben Wilma Oldigson droben gesessen und
jedes Mal mit deutlicherer herzklopfender Empfindung
von ihr geschieden, auch sie hätte gern die Sonne ange=
halten, daß dieselbe nicht so früh ins Meer hinunter=
steige. Von seiner Ungeduld getrieben, war er am fol=
genden Tage wohl früher als sonst aufgebrochen, denn
als er die Bergeshöhe erreichte, sah sein scharfer Blick
die Felswand drüben noch leer, und auch wie er zu
dieser selbst gelangte, stand er allein dort in Sonne und
Wind. Er setzte sich wartend auf den gewohnten Platz,
aber schräg und schräger sank die flammende Goldscheibe
gegen die Wellen hinab, und es blieb einsam um ihn
her wie zuvor. Endlich stand er unruhvoll auf und
trat nach der Seite, wo der steile Abstieg in das unbe=
kannte Geklipp niederführte. Sein Ohr horchte umsonst,
kein Ton eines nahenden Fuß drang aus der dunklen
Felskluft herauf. Mit ungestüm klopfendem Herzen
blickte er hinunter. Sollte er dem Schweifen seiner
Augen nachfolgen? Doch er hatte mit Hand und Mund
gelobt, diesen Weg nie zu betreten. Angespannter nach=
sinnend denn noch je zuvor, suchte er das Geheimniß,
das hier seinen Anfang nahm, zu durchdringen, aber
seine fruchtlosen Gedanken wurden noch verworrener denn

je stets aufs neue von der Frage übertäubt, warum sie
heute nicht hier sei. Nun tauchte die rothe Feuerkugel
in den Ocean, und er wartete noch immer, doch Wilma
Oldigson kam nicht.

Es war völlig Nacht, als er in Bergen wieder
eintraf; nach seiner Zusage und gewohntem Brauch bei
der Rückkehr begab er sich zum Hause Toves. Das
Mädchen flog ihm freudig entgegen und rief: „Ich habe
mir gedacht, daß Du heute später kämest, Dein Ver=
sprechen zu erfüllen."

Er fragte gedankenlos: „Welches Versprechen?"

Sie deutete durch das offene Fenster. „Der Mond
muß gleich kommen — sieh da schimmert der Berg schon
im Licht."

Mit Mühe verwandte er seine Antheilnahme auf
ihre Worte und versetzte: „Das that er gestern auch,
und da wolltest Du nicht mit mir gehen, obwohl ich
Dich bat; so fällt mir wohl Recht zu, heute nicht Lust
zu haben."

Sie sah ihn erstaunt an. „Ich nicht? Wann?"

„Treib Dein kindisches Spiel von gestern nicht
weiter!" erwiderte er unmuthig. „Glaubst Du wirklich
noch, ich hätte Deine Stimme am See nicht erkannt?"

Tove wiederholte: „Am See bei der Hansenlust=
barkeit?" Und ihre Augen blickten ihm mit einem so
überzeugenden Ausdruck fragender höchster Verwunderung

ins Gesicht, daß er unwillkürlich betroffen entgegnete:

„Du hätteſt mir nicht in der ſchwarzen Gugel die
Waſſerroſe gegeben und mich vor Herrn Tiedemann
Steens Thorheit" —

Er vollendete nicht; ſie hatte mit einem Tone, der
keinen Zweifel mehr belaſſen konnte, nachgeſprochen:
„Die Waſſerroſe?" Und plötzlich zuckte es ihm wie ein
jäh erhellender Blitz durch den Kopf, daß er bedachtlos
ausſtieß:

„Hat ſie auch Deine Stimme, wenn ſie in Deiner
Sprache redet?"

Das Mädchen griff ängſtlich nach ſeiner Hand und
fragte mit zitternden Lippen: „Wer — ?" Eine Flut
unklarer, antwortloſer Fragen überwogte ihm plötzlich
Sinne und Gedanken, er gab keine Entgegnung, erſt als
ſie noch unruhvoller wiederholte: „Wer redet mit meiner
Stimme?" verſetzte er raſch:

„Irgend eine der Normannentöchter hier aus der
Stadt, die ich nicht kenne. Es war ein Mummenſpaß,
ich glaubte, Du ſeieſt es geweſen. Komm, Tove, daß
wir die gute Zeit nicht verſäumen! Ich bin ja ge=
kommen, um mein Verſprechen zu erfüllen und Dich zu
holen." Es that ihm leid, daß er ſie vorher faſt rauh
angefahren, und er beſtrebte ſich, das ihr zugefügte Un=
recht durch liebreiche Art wieder gut zu machen. Aber
ſeinem Willen zum Trotz konnte ſein Denken nicht bei

ihr verweilen; er gab, wie sie an seinem Arm jetzt durch
die dunklen Gassen schritt, auf ihre Fragen manchmal
wunderlich verwirrte Antwort, endlich verstummte sie
ganz. Sie sah ihren Wunsch erfüllt, doch er brachte ihr
keine Freudigkeit mit sich.

Schweigsam stieg sie, von ihm geführt, an einer
Berglehne hinan. „Wohin willst Du, daß wir gehen?"
fragte er freundlich. Sie erwiderte nur leise: „Ich
bin müde;" es war als brächte ihr Mund es mühsam
hervor. „So wollen wir uns setzen," entgegnete er mit
sorglicher Bereitwilligkeit, schritt noch etwas weiter bis
zu einer geeigneten Stelle aufwärts und ließ sich dort
auf einem niedrigen Felsstück neben ihr nieder. Sie
saßen wortlos beisammen, es war eine linde, stille Nacht,
die noch nicht von dem baldigen Abschied des kurzen
nordischen Sommers redete. Langsam verbreiterten sich
die beglänzten Abhangsflächen der Bergeshöhen und
rückten tiefer ins dunkelnde Thal hinunter; nach der
Fülle und Helligkeit des Lichtes mußte die osther auf-
steigende Mondenscheibe ungefähr in völliger Rundung
am Himmel stehen. Osmund Werneking sah vor sich
hinaus, wie der fortschreitende Strahl bald hier, bald
dort etwas bisher unsichtbar Gewesenes hervorhob; Tove
hatte regungslos den Kopf an seine Schulter gelegt, daß
er fast ihre Anwesenheit vergaß. Doch nun erinnerte
ihn ein körperliches Gefühl an ihre Gegenwart, ein leises

Rütteln durchlief von ihrem schwarzen Scheitel her seinen Arm, und er sprach: „Dich friert, es ist wohl besser, daß wir zurückgehen."

Er wollte, wie es schien auch eigener Neigung fol= gend, aufstehen, aber ihre linke Hand hielt ihn, sich fest um seinen Arm klammernd, und mit der andern scheu vor sich hindeutend, flüsterte sie:

„Nein — sieh!"

„Was?"

„Dort kommt er."

Seine Augen wandten sich in die Richtung, nach der sie wies; der Mond hatte beinahe die Burg= veste Bergenhuus erreicht und ließ als erstes Stück der= selben den alten Olafsthurm von dem schattendunkeln Untergrunde heraufwachsen. Weißlich=geisterhaft sah das hohe Gemäuer herüber, als steige eine leichentuch=umhüllte Gestalt langsam höher aus der Erde empor. Der Schauder rann heftiger durch die Glieder Toves, sie barg ihr Gesicht an Osmunds Brust. Zerstreuten Sinnes sprach er:

„Du bist närrisch, was soll Deine Angst vor dem Thurm?"

Sie gab leise Antwort: „Er sucht nach mir" —

„Nach Dir? Warum? Sei nicht kindisch!"

„Du weißt es nicht — niemand, als ich" —

Ihre raunende Stimme hatte einen irren Klang, daß er unwillkürlich fragte:

„Woher weißt Du es denn?"

Sie schwieg einen Augenblick, daß er nichts, als deutlich das raschunstäte Klopfen ihres Herzens vernahm, dann flüsterte sie hastig:

„Von meiner Mutter weiß ichs, eine sagt's immer der andern. Und sie erben's fort, und das Blut in uns fühlt's."

Osmund Werneking empfand jetzt an dem Ton der Stimme, es war nicht kindische Furcht, sondern ein irrer Wahn, der aus der Seele des Mädchens sprach, und er fragte, theilnahmsvoll auf denselben eingehend, mitleidig:

„Was denn, Tove? Sag's mir, ich beschütze Dich vor ihm und helfe Dir."

Doch sie schüttelte den Kopf. „Das kann Niemand. — Du könntest es, aber Du willst nicht," fügte sie langsamer hinzu; „es ist unser Loos."

„Welches Loos?"

„Daß wir es sühnen sollen und nicht können."

Sprich deutlicher, Tove: was, meinst Du, sühnen zu müssen?"

Das Mädchen richtete sich auf und legte die Lippen fast an sein Ohr. Ihr Mund athmete nicht, nur die Worte kamen als ein Hauch aus ihrer Brust:

„Furchtbares — eine Schuld, die keine Vergebung findet. Darum müssen wir alle so jung sterben wie sie."

„Von wem sprichst Du, Kind? Wer ist sie?"

„Meiner Mutter Vormutter — ich weiß nicht, wie viele nach ihr gewesen. Aber auf allen lag die ungeheure Schuld, die sie von ihr mitbekommen, und sie mußten untergehen in Sünde, Jammer und Qual. Der Fluch nimmt kein Ende, bis eine von uns den entsetzlichen Verrath durch Treue mit ihrem Leben sühnen kann."

„Den entsetzlichen Verrath? Welcher Art?" wiederholte der Hörer, doch Tove erwiderte nicht auf die Frage, sondern fuhr zusammenschaudernd fort:

„In solchem Thurm saß sie — lebendig — kannst Du's denken? — ohne Licht und ohne Luft. Sie war jung wie ich und krallte ihre Hände in den Stein, den die Menschen um sie gemauert — sie konnte sich nicht tödten, und der Hunger fraß an ihr und sie griff in der Finsterniß nach dem Gewürm am Boden des Thurms und stillte die Marter ihrer Eingeweide damit. Und sie wurde wahnsinnig — ich fühl's in meinem Blut, wie sie's wurde — und schrie, daß es durch die Mauern gellte, und die Leute hörten es braußen, ingrimmig lachend und zahnknirschend und sprachen erbarmungslos: „Da verhungert die Gottverfluchte — sie soll das Blut der

Tausende trinken, die sie gemordet — ihres eigenen Vaters" —

Erschöpft hielt Tove Sigburgsdatter inne, Osmund Werneking aber war plötzlich von ihrer Mittheilung sonderbar erregt worden und fragte schnell:

„Von Deiner Urältermutter redest Du? Wo geschah's?"

„Du sprachst eines Tages davon, daher kannte ich den Namen."

„Welchen Namen?"

„Dein Vorfahr sei auch einmal dort gewesen auf Gotland."

Nun rief er jählings seltsam überlaufen: „Witta Holmfeld" —

Das Mädchen stieß ein Schrei aus. „Woher weißt Du's? So nannte meine Mutter sie" —

Der Mond war im selben Augenblick hinter einer östlichen Felszacke hervorgetreten und überglänzte zum ersten Male fast tageshell das schwarzumrahmte, elfenbeinblasse Antlitz der späten Abkömmlingin ferner Tage, in der sich das Blut der Lagunenstadt des Südens und Waldemar Atterbags gemischt, von dem Herr Dietwald Werneking die Hoffnung gesprochen, daß es sich nicht weiter vererben möge, sondern „die böse Aussaat von der Stadt Venedig" mit der jung verdorbenen und gestorbenen Tochter der schönen Verrätherin Wisbys ein

Ende genommen habe. Es war wohl Anlaß, daß es
Osmund Werneking bei der unvorbereiteten Erkenntniß
wundersam das Blut durchrann. Das war's gewesen,
was ihn unbewußt vom ersten Tage mit einem geheim=
nißvollen Bande zu dem fremdartigen Mädchen gezogen;
die Fäden, welche ein lang versunkenes Leben einst
zwischen ihren Ureltern gewebt, hatte nicht ausgelöschte,
heimliche Kraft an den Enkeln bewährt. Von Staunen
übermannt, sprach er noch einmal: „Witta Holmfelds
Kind" — ihm war, als sei ein Jahrhundert nicht ver=
gangen, die Zwischenreihe zwischen ihr und ihrer Ur=
ältermutter nicht gewesen, aber dann schlang er schmerz=
lich, mit tiefem Mitleid den Arm um ihren Nacken, zog
ihren Kopf an seine Brust und sagte liebreich tröstend:

„Nein, Du bist's nicht — Du bist meine kleine
schuldlose Tove, zu der das Schicksal mich bringen
gewollt, daß ich besser Sorge für sie tragen solle, als
Dietwald Wernerkin einst für Witta Holmfeld. Du hast
wohl ihr Haar und Antlitz geerbt, wie seine Schrift es
aufbewahrt, doch nicht ihren leicht bethörbaren Sinn und
ihr heißblütig, schlimm bestechlich Herz. Auf Dir ruht
nur Unglück, das Dich ohne Vater und Mutter verlassen
in die Welt hineingeworfen, aber kein Frevel und kein
Fluch. Die sind mit ihr ausgelöscht, von der ich mehr
weiß als Du; komm, ich will Dir von ihr reden, was
ich im Gedächtniß bewahrt."

Das Mädchen hatte, wie von einer Sinnesbetäubung überfallen, regungslos den Kopf an ihm zurückgelegt, nun schlug sie stumm die Augen gegen sein Gesicht auf, sonst gab sie kein Zeichen, daß sie höre. Er aber erzählte ihr mit leiser Stimme, was er aus Dietwald Wernerkins Niederschrift wußte, der Wahrheit gemäß, doch schonend und mildernd, und häufte alle Schuld auf Waldemars Atterdag verführerische Kunst und treulose Ränke. Erschreckt hatte er empfunden, daß in Toves Seele der Gedanke, sie trage die Schuld Witta Holmfelds noch auf sich und müsse dieselbe sühnen, muthmaßlich aus früher Kinderzeit schon mit irrsinniger Macht tief seine Wurzeln eingeschlagen, und das Bemühen Osmunds trachtete danach, sie vorsichtig, klug und sanft aus diesem angstvollen, gemüthsverstörenden Wahn zu befreien. Sie lag unbeweglich und erwiderte nichts darauf; nur als er sprach: „Der Anblick des alten Thurmes hat Dich immer daran erinnert, drum will ich sorgen, daß er es nicht mehr thut, und Dich mit mir nehmen, wenn ich nach Wismar heimkehre" — da ging ein traumhaft-seliges Lächeln um ihren feinen Mund, und sie sprach zum ersten Male seine letzten Worte kaum hörbar nach:

„Du willst mich mit Dir nehmen? O, sag's noch einmal — und dann laß mich schlafen."

„Wir gehören ja zusammen," erwiderte er herzlich,

„es war der Wille des Himmels, daß ich hierher kommen sollte, Dich zu finden."

Ihr Blick sah mit einem stummen Glanz unnennbarer Glückseligkeit zu ihm auf; dann fielen die Lider über ihre dunklen Augensterne herab. Er fragte: „Bist Du müde, mein Schwesterchen, und wollen wir nach Hause gehen?" Aber sie schlief fest und gab auf nichts mehr Antwort.

Ein Weilchen blieb Osmund unschlüssig, gedankenvoll ihr mondbeglänztes Antlitz betrachtend, noch sitzen, hob sie dann wie ein Kind auf die Arme und trug sie den nur kurzen Weg zu ihrer Behausung hinab. Sie erwachte nicht, in tiefem Schlaf legte er sie auf das Lager in ihrer Stube und gab Broule Tokkeson Auftrag, sie nicht zu wecken, sondern angekleidet bis zum Morgen ruhen zu lassen. Beim Fortgang reichte er der Alten ein Geldstück von beträchtlicherem Werth als sonst in die Hand, doch sie trat ihm an die Thür nach und sprach: „Ihr seid freigebig, Herr; ich will nach Kräften bedacht sein, daß Ihr auch fernerhin unbemerkt zu uns gelangen könnt."

Osmund fragte verwundert: „Warum sollt' ich's nicht und warum unbemerkt?"

„Ich habe Botschaft empfangen, es kommt morgen Einer zurück, den es verdrießen möchte, wenn er Euch öfter hier wahrnähme."

Ihm entflog: „Kehrt Toves — kehrt der Herr Bischof zurück?"

Vrouke Tolkeson nickte. „Ihr habt mich verstanden, daß wir vorsichtiger sein müssen. Aber Ihr redet mit goldener Zunge und dürft auf mein Schweigen und meine Beihülfe zählen."

Er empfand einen tiefen Widerwillen gegen das geldgierige, seinen Verband mit Tove im niedrigsten Verdacht haltende Weib, doch sah er ein, daß er unter den veränderten Umständen bei der Heimkunft des Vaters in der That vorderhand ihrer Mitwirkung bedurfte, um sein ferneres Hieherkommen und Abrede über die noch unfertig sich in ihm gestaltenden Pläne zu ermöglichen, und er versetzte:

„So haltet's ihm noch geheim, Vrouke, Ihr habt's erfahren, daß ich nicht karge."

Die Alte streckte lüstern nochmals ihre Hand aus und wisperte geheimnißvoll:

„Sie ist auch wohl mehr werth an rothem Gold, als eine andere in der Stadt, daß man sie ganz drin kleiden könnte, denn wisset, Herr, es fließt Königsblut in ihren Lippen —"

Er fiel, noch mehr als zuvor angewidert, kurz ein: „Ich weiß es, Ihr braucht's mir nicht zu künden," warf ihr noch eine Münze in die Hand und ging rasch davon, ohne auf Vrouke Tolkesons ungläubigverdutzt hervorgestoßene Entgegnung: „Woher wißt Ihr, was sie selber nicht weiß?" zu hören. Ein Zusammenströmen sich gleichzeitig überdrängender Gedanken durchwogte ihm den Kopf, doch einer rang sich jetzt als der stärkste über die andern auf. Wenn es nicht Tove war, die ihm gestern die Wasserrose gegeben, so konnte es nur Wilma Oldigson gewesen sein. Warum ähnelte nicht nur manch= mal plötzlich etwas in ihren Zügen, sondern hatte in normännischer Sprache auch ihre Stimme täuschend der erstern geglichen? War sie gleichfalls eine Tochter des Bischofs Torlef und von ihm irgendwo drüben in der Felseneinsamkeit verborgen gehalten, weil ihr Antlitz, von einer norwegischen Mutter entstammend, mehr als das= jenige Toves an das seinige gemahnte?

Es war ein erstes Licht, das ihm über sie fiel, nur ihre deutsche Sprache ohne jeden nordischen Tonfall stand nicht damit im Einklang. Doch wenn es sich so verhielt, konnte es vielleicht das einfachste Mittel für ihn bieten, in begreiflichster Weise Tove mit sich nach Wismar zu führen. —

Sein Herz klopfte durch den tageshellen Glanz der Mondnacht. —

Nun drängte sich andere Gedankenwoge herein. Wie war Wilma Oldigson an den See gekommen?

Die Frage fand schnelle Antwort. Er selbst hatte ihr am Abend zuvor mitgetheilt, daß ein Hanseu=

feſt dort ſein werde und ihn hindere am nächſten
Tage die Sonne mit ihr ins Meer ſcheiden zu ſehen.

Doch noch eine zweite Erwiderung vermochte er ſich
zu geben. Warum war ſie heut' zum erſten Male nicht
droben geweſen?

Hatte ſie nicht kommen gewollt, weil er ſie am See
für eine andere gehalten und zu dieſer mit freundlich=
traulicher Anrede geſprochen?

Sein Herz ſchlug bei dieſer Erklärung noch unge=
ſtümer auf, daß er es laut durch die Stille vernahm.
Es mußte Mitternachtsſtunde ſein, die Straßen Bergens
lagen ruhig verlaſſen. Nur ein einzelner Schritt tönte
jetzt über den harten Felsboden heran, unwillkürlich trat
Osmund in den tiefen Schatten eines Hauswinkels zu=
rück, ihm war's, als müßten ſeine trunkenen Gedanken,
Jedem lesbar, ihm auf die Stirn geſchrieben ſein. So
wartete er, um eine Begegnung zu vermeiden, der Fuß=
trit kam näher, nun ging raſch und eilfertig die breit=
wüchſige Geſtalt Herrn Tiedemann Steens an ihm
vorüber.

Osmund Werneking ſchickte ſich an, ſeinen Weg
fortzuſetzen, da ſchoß ihm jählings etwas durch Kopf
und Herz zugleich. Wohin trachtete Tiedemann Steen
um Mitternacht? Woher hatte Wilma Oldigſon von
ihm gewußt, was, und welche Thorheit, vor der ſie ge=
warnt? Stand er im Begriff, dieſelbe auszuführen?

Mit den Worten: „Also morgen!" hatte er sich von
den schwarzen Gugelvermummten im Walde verabschiedet.

Doch eigentlich ließ diese Erinnerung, dasjenige,
was sich darunter bergen mochte, den Nachdenkenden völlig
gleichgültig. Ihm war nur eines daraus wie ein Blitz-
funken entgegengezuckt: Wenn Wilma Olbigson von
einer Absicht Tiedemann Steens unterrichtet war, so
ging er muthmaßlich auch dorthin, wo sie sich befand.

Osmund hatte gelobt, sie nicht auf dem Weg zu
suchen, den sie täglich beim Abschied von ihm einschlug.
Doch kein Handschlag band ihn, nicht Herrn Tiedemann
Steen nachzufolgen. Wenn der Oldermann eine Thorheit im Sinne trug, war's sogar eine Pflicht für den
Abgesandten des Lübecker Rathes, zu erkunden, vielleicht
zu hindern, was derselbe beabsichtige. Und im nächsten
Augenblick sagte Osmund Werneking sich, ihm liege das
Gebot ob, die Wege des mitternächtlichen Wanderers
auszuforschen, und behutsam folgte er hinter dem deutlich
hallenden Schritt drein.

Es fiel nicht leicht, dies in den Gassen der Stadt
unbemerkt zu vollbringen, doch befand sich offenbar das
Ziel des Oldermanns nicht in Bergen selbst, denn er
wandte sich an den See hinaus, wo das Hansenfest statt-
gefunden, und draußen ward es bald mit jeder Minute
schwieriger, ihn im Auge zu behalten und sich zugleich
doch gegen seinen etwaigen Rückblick zu sichern. Eine

Zeitlang half da und dort überhängendes Gezweig der
Bäume, dann indeß hörten diese auf, und Osmund
Werneking wußte keine Auskunft mehr, als sich seiner
schweren Schuhe zu entledigen, um sich zum mindesten
nicht durch den Klang seines Auftritts zu verrathen.
Der Mond verschleierte sich ein wenig, und hin und
wieder zog langsam ein grauweißlicher Nebelstreif an
den Bergkuppen; verlangend blickte Osmund nach ihnen
empor, sie mit der Hand fassen und über die runde
Glanzscheibe herüberziehen zu können. In gleicher Eil-
fertigkeit stets schritt der rüstige Oldermann bald durch
enge Felskluft, bald über zackiges Geröll, dessen scharfe
Spitzen sich schmerzhaft in die unbeschützten Füße des
Nachfolgenden eindrückten. Nach der Standveränderung
des Mondes mußten sie ungefähr schon zwei Stunden
gegangen sein; augenscheinlich befand sich Tiedemann
Steen hier nicht zum ersten Mal, sondern kannte die
von ihm innegehaltene weglose Richtung, gestaltete nun
aber das Unentdecktbleiben für Osmund zur Unmöglich-
keit, denn es drehte sich zur Linken eine steile, schatten-
lose vollbestrahlte Steinhalde hinan. Entmuthigt blieb
der bis jetzt wechselnd kühn und vorsichtig hinterdrein
Geschrittene stehen, nirgendwo vor ihm fand sich mehr
eine Deckung, keine Behutsamkeit vermochte ihn dem Blick
länger zu entziehen. Zugleich machte das ungewohnte
Gehen auf der dünnen Leinwand sich seinen Füßen mit

faſt ermattender Empfindlichkeit bemerkbar, in herzklopfen=
dem, heftigem Unmuth ſah er dem weiter emporſteigenden
Oldermann nach. Da fiel über dieſen ein leichter
Schatten, verdichtete und verbreiterte ſich, ein Wölkchen
war über den Mond getreten, als ſei es im entſcheidenden
Moment gekommen, um Osmund Werneking Beihülfe
zu leiſten, und wieder von plötzlicher Kraft und Zuver=
ſicht belebt, eilte er Tiedemann Steen aufs neue nach.
Er gewahrte denſelben nicht mehr, hörte nur das Ge=
räuſch ſeines Trittes über ſich; ſo klomm er geraume
Weile aufwärts, doch mählich und dann immer ſchneller
verwandelte ſich das, was ihm anfänglich Beiſtand ge=
liehen, zu ſeinem völligſten Nachtheil. Statt der leichten
Nebelhüllen drängten ſich dunkle Wolkenmaſſen, jeden
weitern Vorblick raubend, am Himmel auf, ein Wind=
murren begann und entzog ſeinem Ohr auch den Klang,
nach dem er ſich bis jetzt zu richten vermocht. Haſtiger
ſprang er vorwärts, nun ſtand er athemlos auf einer
erreichten Höhe und horchte. Doch er hatte die Spur
verloren, hörte nichts mehr und ſah nichts. Graudunkle
Nacht lag rund um ihn, wies ihm nur voraus undeut=
lich unter ihm ein Gemenge düſterer, öder Klippen, von
denen ein kühlerer Anhauch heraufkam. Langſamer be=
wegte er ſich darauf zu, bald ſchoſſen Wände ſteil vor
ihm nieder, zwiſchen denen er, nur das Nächſte ver=
ſchwommen um ſich erkennend, nach der Möglichkeit eines

Abstiegs umhersuchen mußte. Seit dem frühen Nachmittag war er, bis auf die kurze Ausrast mit Tove, fast
unablässig im Gebirg umhergewandert, jetzt mochte es
die dritte Nachtstunde sein. Erschöpft setzte er sich und
bekleidete seine wie Feuer brennenden, bei jedem Auftreten
zusammenzuckenden Sohlen wieder mit den Schuhen, das
gab ihm etwas Kraft zurück. Außerdem mußte er vorwärts, er trachtete nicht mehr nach einem Ziel, nur einen
Abweg aus dem Gewirr jäher Felsstürze zu finden. So
kletterte er mühsam, sich von Platte zu Platte niederlassend, in die Tiefe; aus der unbekannten Wildniß unter
ihm scholl ihm nach und nach deutlicher vernehmlich ein
dumpfes Rauschen an eine Gesteinwand anschlagenden
Wassers entgegen. Er mußte zu einem der kleinen, viele
Meilen lang in die menschenleere Schärenwelt nördlich
von Bergen hineingekrümmten Fjorde niederklimmen, nun
klatschten die Wellen dichter vor seinen Füßen, die eine
ebene Felsböschung erreicht hatten, auf der er ziellos entlang schritt. Nach kurzer Zeit sprang eine hohe schwarze
Felszacke vor ihm in den Himmel, ohne indeß den Aus-
Weg zu versperren, doch im Augenblick, wie er sie um-
bog, stand er geblendet, denn ein rothes Fackelgelober
warf ihm, kaum auf ein halbes Hundert Schritte entfernt, glühenden Schein ins Gesicht. Zugleich aber
funkelten unter ihm die Augensterne einer wolfgroßen
Blutrübe, die mit wüthendem Anschlag gegen ihn vor-

sprang, mehrere rauhkehlige Stimmen riefen eine Frage
drein; ehe er klar zur Besinnung gelangte, fühlte er sich
von einem halben Dutzend wild-kraftvoller Fäuste gepackt,
widerstandsunfähig überwältigt und zu Boden geworfen.
Seine Arme wurden im nächsten Augenblik scharf mit
Stricken zusammengeschnürt, er selbst wieder auf die
Füße emporgerissen und dem rothen Lichtschein entgegen-
gestoßen. Das alles war so unerwartet und schnell geschehen, daß er jetzt erst eine Vorstellung davon erlangte,
wohin er so plötzlich aus der lautlos dunkeln Felseneinsamkeit versetzt worden. Doch blieben es zunächst nur
seine äußern Sinne, welche einen Eindruck seiner neuen
Umgebung aufnahmen, sie übermittelten ihm noch kein
Verständniß derselben, denn was sich ihm vor die Augen
stellte, erschien ihm völlig wie die phantastische Hirnaus-
geburt eines sinnlos-grotesken Traumbildes.

Am Ufergestein angekettet lag ein beträchtlich großes
Schiff mit festgerolltem braunrothem Segelwerk, über
dessen bretterne Landungsbrücke er zum Deck hinange-
schleppt ward. Auf diesem, von einem Fackelkreis um-
hellt, stand zwischen den beiden Masten ein Tisch mit
prachtvollen goldenen Kannen und Pokalen, und vier
Männer saßen trinkend um denselben herum. Einer von
ihnen war Herr Tiedemann Steen, die andern boten sich
ähnelnde, mächtig hochwüchsige Gestalten mit langem,
eisgrauem, zottig verwildert, bis über die Mitte der

Bruft fallendem Bart. Hohe Greisenhaftigkeit sprach
aus ihren Zügen, doch zwischen den Runzeln und Runen
derselben hervor glühte noch ein wild-ungedämpftes Feuer
aus ihren Augen. Zwei trugen volle kriegerische Eisen=
rüftung und befederte Sturmkappen auf dem Kopf, der
dritte dagegen hielt nur ein langes Schwert zwischen den
Knieen, deffen dicht mit Rubinen befetzer Knauf blutroth
gleißende Lichtftrahlen um ihn warf. Er faß erhöht,
fodaß er die übrigen um mehr als Haupteslänge über=
ragte, und feine Erfcheinung bildete hauptfächlich das=
jenige, was den Eindruck eines phantaftifchen Traumes
erregte. Sein weißes Kopfhaar war mit einem blitzen=
den Diadem gefchmückt, vom Nacken bis zu den Füßen
fiel ein faltenreicher Purpurmantel herab, der über und
über von Kettenbehängen des koftbarften Edelfteinge=
fchmeides funkelte. Augenverwirrend leuchteten hundert=
fach große Topafe, Smaragde, Demanten durcheinander,
der ungeheure Werth derfelben überftrahlte das Komödien=
hafte des Prunkes, der dem Aufzugspomp eines mäch=
tigen Herrfchers in einer Königsburg glich, hier aber am
nächtigen Schiffsbord inmitten des öden Schärengeklipps
faft poffenhaft närrifch erfchien. Doch hochfahrende,
ftolz bewußte Miene des Trägers fprach, daß er die
feltfame Gewandung und koftbare Schmuckzier nur als
gebührenden Ausdruck noch größerer innerer Würde
betrachte; er wandte jetzt den Kopf mit der fcharfen

11*

habichtsschnabelgleich) gekrümmten Nase und fragte ge=
bieterisch:

„Was lärmt ihr, wenn ich trinke?"

Einer von denen, welche Osmund Werneking ge=
bunden herbeiführten, entgegnete unterwürfig:

„Wir haben einen Späher gefangen, Herr Viking,
der über die Felsen kam."

Der Angesprochene winkte kurz mit der beringten
Hand. „So gebt ihm Salzwasser zu trinken, bis sein
Durst still ist. Es soll niemand dursten, wenn ich
trinke."

Doch nun rief Tiedemann Steen staunend und
erschreckt:

„Um Gott, Herr Werneking, wie kommt Ihr
hierher?"

Osmund erwiderte: „Habe mich im Gebirg ver=
irrret, Herr Oldermann, wie es scheint, gleich Euch" —

„Seid ihr taub, daß ihr mein Gebot nicht ver=
nommen?" fiel der Viking Benannte, die buschig=weißen
Brauen runzelnd ein. „Wer sich vermißt, mich anzu=
blicken ohne Gestattung meiner Gnade, wird blind und
sieht nichts mehr!"

Die Schiffsknechte wollten den unmächtig Gefesselten
wieder fortschleppen, doch einer der andern am Tisch
Sitzenden hatte sich bei Tiedemann Steens Ausruf plötz=
lich erhoben, trat auf Osmund zu und fragte:

„Betrog mein Ohr mich? Heißet Ihr Werneking?"

Der Befragte gab zustimmende Antwort, und der andere fuhr fort:

„Seid ein Sohn Detmar Wernekings zu Wismar, Rathsherrn, glaube ich? Könntet's wohl sein!"

Nun lachte er, wie Osmund auch dies bejahte, auf, drehte den Kopf und rief, doch ohne die Unter= würfigkeit, mit der zuvor der Schiffsknecht gesprochen:

„Lasset ihn, Herr Biking! Er kommt von Wis= mar, dem wir Dank schulden aus alter Zeit, und mag Wein mit uns bechern statt des Salzwassers!"

Der Träger der Purpurmantels entgegnete indeß befehlerisch: „Das Gesetz macht ihn stumm; mein Schwert beschirmt das Gesetz!" Und er hob mit thea= tralischer Würde den rubinblitzenden Schwertknauf empor.

Doch der unwillig Beschiedene achtete nicht son= derlich darauf, sondern versetzte, den Kopf zur Seite drehend:

„Redet Ihr, Bartholomes!"

Der dritte, welcher bisher gleichgültg geschwiegen, entgegnete:

„Wenn Herr Steen ihn kennt und für ihn gut sagt, laßt ihn schwören bei seiner Seele Heil, daß er nicht Lebendigem und Todtem Kundschaft von dem reden will, was er hier gesehen und gehört. Sonst macht ihn bei den Fischen stumm!"

Er setzte unbekümmert seinen Becher an den Mund; der Lübecker Oldermann, der seit seinem ersten unwillkürlichen Ausruf verstummt geblieben, trat jetzt eilig heran und flüsterte besorgt:

„Erfüllet rasch, was von Euch verlangt worden, Herr Werneking, da ein Unheil Euch herbeigeführt hat, daß Euch nicht Schlimmeres widerfährt!"

Doch der ängstlich Ermahnte stand wortlos zaudernd. Die Besinnung war ihm so weit gekommen, daß er erkannt hatte, er müsse sich auf einer Seeräuberснigge befinden, mit deren Hauptleuten Tiedemann Steen in heimlicher Verbindung stand. Durfte er sich von Drohung und Furcht verleiten lassen, einen unverbrüchlichen Schwur abzulegen, welcher der von ihm zu Lübeck übernommenen Pflicht zuwiderlief? Zudem wallte das Blut in ihm auf, daß er durch Gehorsam gegen die gestellte Anforderung als muthlos vor den trotzigen Gestalten dastehe; er hielt die Lippen aufeinander geschlossen, und das Schweigen Osmunds offenbar nutzend, um sich in seiner Machtfülle zu zeigen, rief nun der Wiking: „Ich habe ihn verurtheilt, führt ihn zum Gericht!" Und der „Bartholomes" Benannte fügte gleichgültig drein: „Wenn er's nicht anders will, so laßt ihn mit den Fischen saufen!"

Nur der, welcher Osmund zuerst um seinen Namen befragt, zögerte noch und raunte:

„Seid kein Narr, Wein mundet besser als Wasser".

Doch mit der Steigerung der Gefahr hatte sich ein ritterlicher Todestrotz in dem Blut des jungen Urenkels Dietwald Wernerkins höher aufgebäumt, er öffnete zu entschlossener Antwort die Lippen, da schlug von der Seite her ein halb erstickter Aufschrei an sein Ohr, und mit mechanisch herumfahrenden Augen gewahrte er plötzlich, ein halbes Dutzend Schritte entfernt, das blut= los erblaßte Antlitz Wilma Olbigsons vor sich. Sie war mit einer Erzkanne aus dem Schiffsraum herauf= gekommen, hielt sich, wie fast von Ohnmacht angefaßt, an der Brüstung der Treppe und blickte ihm starr mit wortlosem Flehen tödtlicher Angst ins Gesicht. Ein einziger Augenblick nur war's, der ihn mit einem namen= losen Herzschlag noch stumm betäubte, doch im nächsten Moment sprach Osmund Werneking laut:

„Ich schwöre, ihr Herren, bei meiner Seele ewigem Heil, was ihr verlangt, daß ich nicht Lebendigem noch Todtem von etwas reden will, was ich in dieser Nacht gehört und gesehen!"

„So begnadige ich Dich! Fülle uns und ihm den Becher, Schenkin!" sprach der Viking, sein gehobenes Schwert wieder auf den Boden zurückstoßend. Augen= scheinlich besaß er auf dem Schiffe mehr eine angemaßte als wirkliche Macht und barg, wenn er in Widerspruch mit seinen beiden Genossen gerathen, seine erzwungene

Nachgiebigkeit gegen ihren Willen unter verdoppelt hoheits-
vollem Gebahren. Er stürzte den Inhalt seines Bechers
hinab, ließ sich denselben von der eilig, doch schwankenden
Kniee's jetzt herantretenden Wilma Oldigson bis zum
Rand wieder anfüllen, und sprach, ihr gnädig nickend:

„Weshalb sind Deine Lippen weiß wie Meerschaum,
Seeschwalbe, die sonst wie rothe Korallen blühen? Kre-
denze mir den Trunk, daß sie meinem Purpur gleichen!"

Sie vollzog mit zitternder Hand sein Geheiß; Osmund Werneking war aus seinen Banden gelöst worden,
und der Viking deutete ihm mit herablassender Geberde
einen Sitz am Tische. Nun schenkte Wilma auch ihm
aus der Kanne ein, kein Zug ihrer Miene hatte verrathen, daß sie den unter so absonderlicher Bewandtniß
zu dem nächtlichen Trinkgelage hinzugerathenen jungen
Gast schon vordem gesehen, nur einmal ein blitzeskurzes
Aufleuchten unter ihren Lidern auch ihm unverbrüchliches
Schweigen auferlegt. Sie trug die nämliche Schiffertracht, in der sie täglich droben am Felsrand neben ihm
saß, unverkennbar verwaltete sie das Amt einer Schenkin
auf dem Piratenschiff. Doch ihre Wangen und Lippen
waren jetzt nicht mehr blaß, sondern als ob ein geheimer
Zauber in dem von ihr kredenzten Trunk geweilt, gleich
dem Purpurmantel des Viking aufgeglüht.

Osmund Werneking aber saß noch völlig verwirrt,
keines klaren Gedankens mächtig. Was er aufzufassen

vermocht, war, daß die neben ihm Befindlichen die drei
schwarz Vermummten bei dem Hansenfest gewesen und
daß Wilma Olbigson als Genossin von Seeräubern mit
ihnen dorthin gekommen. Er wußte kaum, ob diese Ent-
hüllung ihres geheimnißvollen Wesens ihn mit Schreck
oder einem freudigen Gefühl befallen, mit beidem zugleich
schien's ihm, ohne daß er sich Gründe dafür angeben
konnte. Auch blieb ihm keine Zeit, seine Denkkraft zu
sammeln, denn er mußte auf den Zutrunk seiner nunmehr rauh=artig gegen ihn umgewandelten Wirthe Be-
scheid thun. Sie hatten offenbar bereits dasjenige abgeredet, weshalb Tiedemann Steen in tiefer Nacht
stundenweit durch das weglose Gebirg hieher geschritten
war, und gaben sich rückhaltlos der Becherlust hin. Hörbar bedienten sich alle der deutschen Sprache nicht nur
um ihrer hansischen Gäste willen, sondern dieselbe war
ihnen angeboren. Sie redeten sich selten mit einem
Namen an, Osmund hatte bis jetzt nur „Herr Biking"
und einmal „Bartholomes" vernommen. Ungefähr mochten
sie in gleichem Alter zwischen sechzig und siebenzig Jahren
stehen; derjenige, welcher zuerst Fürsprache für Osmund
eingelegt, erschien trotz seinem am meisten wild=verwitterten
Gesicht vielleicht doch noch als der Jüngste. Nach der
Frage, die er damals gethan, mußte er ehemals in der
Stadt Wismar nicht fremd gewesen sein, die zusammen
mit Rostock des üblen Rufes genoß, das Unwesen des

Seefreibeutertums im vorigen Jahrhundert ins Leben gerufen und auch späterhin manchmal offen und heimlich begünstigt zu haben.

Einen ähnlichen Zweck verfolgte augenscheinlich auch das Verhalten und die Hieherkunft Herrn Tiedemann Steens, doch mit welcher geheimen Absicht, vermochte Osmund nicht zu errathen. Sichtlich hatte der Olbermann für den letztern, so unliebsam ihm das unerwartete Erscheinen desselben gewesen, mit einigen leise gesprochenen Worten Bürgschaft geleistet und dadurch hauptsächlich zu der veränderten Aufnahme des jungen Patriciersohnes beigetragen. Dieser entnahm aus den hin und her wechselnden Reden, daß die Piraten vor etlichen Monaten an den Küsten der Insel Gotland von drei Lübecker Orlogskoggen aufgescheucht worden, bei wildem Unwetter mitten zwischen denselben hindurch auf Tod oder Leben aus dem Wisbyer Hafen entronnen waren und hier in der Klippenwüste eine sichere Zuflucht gefunden hatten, bis die Luftstille des Sommers vorüber sei und günstigerer Wind ihnen den Wiederbeginn ihrer Beutestreifzüge ermögliche. Ob der Himmel solche Aenderung des Wetters ankündige, hatte Wilma Oldigson mit schreckhaftem Blick auf Osmunds Frage, wie oft sie noch auf die Felshöhe heraufkomme, bemessen. So saß er, den häufigen Zutrunk erwidernd, hörte die Reden um sich, antwortete und fühlte manchmal seinen Kopf von einem plötzlichen Verständniß durchzuckt. Doch im allgemeinen klang alles nur wie ein traumhaft verworrenes Gesumme in sein Ohr, seine Augen allein waren mit wachem Leben angefüllt und suchten ab und zu, heimlich vorüberstreifend, das Antlitz des zuwartend an der Schiffsbrüstung lehnenden Mädchens. Dann begegnete ihr Blick ihm mit einem schnellen, wundersamen Strahl, der durch das Lichtgelober der Fackeln ihm wie das Geleucht eines Doppeldiamanten ins Gesicht grüßte und eine Sprache redete, bei deren lautlosem Klange sein Herz glückestrunken aufzitterte. Doch war es die phantastische Umgebung im rothem Flackerschein, oder der ihm zu Häupten steigende heiße Trunk nach der langen Erschöpfung, er konnte sich manchmal einer wunderlichen Sinnesumgaukelung nicht erwehren, als sei er Herr Johann Wittenborg und sitze auf dem Königsschloß zu Helsingör, und Ingeborg von Dänemark fülle ihm mit eigener Hand den geleerten Becher wieder an. So alabastergleich mußte auch ihre Hand gewesen sein und so ihre Nixenaugen dem jugendlichen Admiral seeleberückend ins Antlitz geblickt haben — es überlief Osmund Werneking sonderbar — hatte sie ihm nicht auch eine Wasserrose gereicht, daß ihm die Frage von den Lippen geflogen: „Bist Du von der Art Ingeborgs von Dänemark?" Und merkbar hatte sie bei den Worten gestutzt und erwidert: „Was weißt Du von Ingeborg von Dänemark?"

Dann zerriß das traumessinnlose Spiel seiner Ein=
bildung, nicht mit trügerisch gleißender Verlockung, sondern
mit dem echten Demantstrahl des Herzens sahen die
Augen Wilma Oldigsons ihn an, doch ein Räthselschleier
lag noch immer wie zuvor um sie her. Wie kam sie als
Genossin unter die Seeräuber, und wer war der narren=
haft und doch mit dem Werth eines Königreiches juwelen=
geputzte „Biking", der hochfahrenden Worts gebot, aber
unverkennbar nur eine prunkende Scheinherrschaft auf
dem Schiff übte? Hatte er seinen ungeheuren Schatz
etwa nicht mit verwegener Hand geraubt, sondern listig
entwendet, daß er um seines Reichthums willen einen
mächtigen Einfluß unter den Freibeutern besaß, doch von
den beiden andern Führern der Snigge innerlich ge=
ringgeschätzt wurde? So schien's, denn die wilde, theils
am Ufer, theils auf den Deckcastellen lagernde, wohl an
zweihundert Köpfe starke Bemannung betrachtete sichtlich
jene beiden als ihre eigentlichen Herren. Mehr als eine
Stunde, vielleicht zwei schon mochten vergangen sein,
über die schwarzen Felsen im Osten kam ein fahler erster
Morgenschimmer herauf, die graubärtigen Gesichter um
den Tisch wurden immer bunkler vom unmäßigen Trunk
geröthet. Nun riß eine Frage Osmund Werneking aus
seinem Umherdenken auf. Der Jüngste unter den drei
Alten, der am meisten mit dem jungen Gaste geredet,
schlug ihm auf die Schulter und rief:

„Trinkt, Herr Werneking, ober ift's zu Wismar
nicht Brauch und hat's Euer Vater Euch nicht gelehrt?
Schenk' ihm den Becher voll, Mädchen! Das ist bei
bei der bunten Kuh eine luftige Nacht heut, von der mir
am Abend nicht geschwant! Würde freilich Euer Vater,
so weit ich von ihm vernommen, sondre Augen machen,
wenn er seinen Sohn in dieser edeln Gesellschaft er-
schaute!"

„Wenn Ihr seinen Namen gekannt," entgegnete
Osmund, „er schauet nichts mehr seit dieses Jahres
Beginn."

„Ist todt? Der kluge Herr?!" stieß der Pirat
aus. „Ist Rathsherr im Himmel geworden? Zu-
schenken, sagt' ich Dir, Dirn! Mich däucht, es ist luftiger,
noch als Aechter mit den Möven zu fliegen, als von
Pfaffen eingesungen bei den Würmern zu liegen!"

Wilma Oldigson war auf sein Geheiß herangetreten
und hatte ihr Schenkenamt vollzogen. Er stürzte den
Inhalt des gewaltigen Pokals auf einen Zug hinunter
und gebot:

„Füll' ihn neu, weiße Seejungfer! Das war für
die Todten — stoßet an auf die Lebendigen, Herr Werneking, und bleibet bei uns! Wenn meine Augen Euer
Blut richtig durch die Haut gewahren, muß es Euch
besser hier-gefallen, als in der Schreibstube, und thätet
ein gottgefällig Werk obendrein, denn es giebt zwei Augen

unter uns, die wohl einmal andere Anschau haben möchten, als graue Bärte."

Er schlang lachend seinen Arm um den Leib des neben ihnen stehenden Mädchens, doch im selben Augenblick scholl gebieterisch die Stimme des Viking:

„Deine Hand fort! Du weißt, daß Niemand sie anrühren darf!"

Der Andere lachte indeß in unbekümmertem Weinrausch: „Likedeeler, Herr Viking! Wovon auf dem Schiff ich mein Theil will, fällt's mir zu, ob's Eure Steine sind oder blitzende Dirnenaugen! Aber ich will Eure Diamanten nicht und die rothen Lippen nicht für mich, sondern als Angeld für Einen, dessen junges Blut besseres Recht darauf hat."

Sein Arm hielt Wilma Oldigson mit eiserner Kraft fest und zog sie in wild-ausgelassener Laune gegen Osmund Werneking hinan. Sie rang nicht dagegen auf, gab regungslos dem Zwange seiner Kraft nach, doch nun fuhr der Viking zornwüthig vom Sitz und rief:

„Die Hand, die sich an ihr erfrecht, fällt, als ob sie mich selbst berührt! Ich bin Dein Herr! Auf Deine Knie und bettle um Gnade!"

Er stand prahlerisch hoch aufgereckt, auch der Andere war emporgesprungen, besinnungslose Trunkenheit rollte in ihren Augen gegeneinander, er gab mißächtlich Antwort:

„Meine Hand däucht mich beffer dazu, als Eure, denn sie hat keine Juwelen bei Nacht gestohlen!"

Nun loderte es mit thierischer Wuth über das Gesicht des Viking, er riß sein Schwert aus der Scheide und schrie:

„Ich trete sie mit dem Fuß, wenn's mir gefällt, aber Du, ein Knecht, ein Hund, küsseft ihre Schuhe!"

Zugleich hob er den Fuß und führte einen Stoß damit nach dem Mädchen, der nur durch das rasche Vorspringen Osmund Wernekings von ihr abglitt, statt deffen den Tisch traf, daß dieser schwankte, die Kannen und Becher klirrend herabstürzten und der Wein in rothen Strömen das Schiffsdeck überfloß. Doch gleichzeitig auch war der Dritte, der „Bartholomes" angesprochen worden, dem Viking in den Arm gefallen, hatte ihm mit kraftvollem Griff das Schwert entrungen und rief gleichmüthig:

„Der Eber hat ihn gestoßen, bringt ihn zum Schlafen in den Raum!"

Mehrere Schiffsknechte eilten herzu und führten den willenlos auf den Sitz Zurückgefallenen fort, deffen trunkenes Lallen: „Meine Steine — ich bin der Herr — eure Köpfe, wenn einer meine Steine anrührt!" nur noch eine Weile von der Treppe herausklang. Auch sein Gegner lag jetzt, nach der heftigen Erregung plötzlich vom Rausch übermältigt, fest schlafend mit dem Kopf auf dem

Tisch, Bartholomes allein tauchte, nüchterner verblieben,
noch einige leise Worte mit Herrn Tiedemann Steen,
während Wilma Oldigson, an Osmund vorüberstreifend,
unbemerkt mit zitternden Lippen flüsterte: „Morgen —
wenn Ihr nicht" — sie zögerte einen Augenblick —
„wenn Ihr nicht verheißen habt, mit Tode im Mond=
licht zu gehen!"

Er antwortete kaum vernehmbar: „Dann wäre ich
heut' Nacht wohl nicht hiehergekommen —"; sie konnten
nicht Worte mehr, nur noch einen schnellen Blick wechseln,
denn der Oldermann trat herzu und sprach: „Es ist
Morgenzeit, Herr Werneking; wenn Ihr nach Bergen
zurückzukehren gedenkt, wird es rathsam sein, daß Ihr
Euch meiner Führung vertraut, um den Weg besser zu
finden als auf Eurer Herkunft," und nach kurzer Weile
schritten sie zusammen durch einen engen Felseinschnitt
gegen den Bergrücken empor, auf dessen Höhe Osmund
in der Nacht die Spur Tiedemann Steens verloren.
Geraume Zeit gingen sie schweigsam nebeneinander, end=
lich sagte der Oldermann, der sich vor übermäßigem
Weingenuß gehütet:

„Eine tolle Sippschaft, werdet Ihr sagen — wie
gelangtet Ihr dorthin? Es hätt' Euch übel zu ergehen
vermocht —"

Er brach ab, doch wartete nicht auf eine
Beantwortung seiner Frage, sondern fuhr mit einem

prüfenden Blick über das Gesicht seines Begleiters fort:

„Gelüstet Euch zu wissen, weshalb Ihr mich bei ihnen angetroffen?"

Aber Osmund Werneking fiel ihm ins Wort: „Laßt Euren Mund darüber schweigen, Herr Oldermann, wie meiner den Schwur geleistet, es zu thun. Ich will nicht mehr zu vergessen haben, als die Nacht schon auf mich geladen. Doch wenn's nicht einem Gelöbniß von Euch zuwiderläuft, nennt mir die Namen der Wirthe, an deren Tisch ich heut' gesessen."

Tiedemann Steen schüttelte den Kopf. „Ihr seid noch unbewandert in unserm Land, sowie dem, was ihm noth thut, Herr Werneking, und vielleicht noch in manch anderm, was Ihr zu kennen vermeint. Aber nehmt Ihr's so ernsthaft, will ich Euch nicht aufdrängen, was Ihr nicht zu wissen begehrt. Von dem andern kann auch ich Euch nicht völlig Kunde geben, doch werdet Ihr selbst bereits errathen haben, daß Ihr mit Bartholomes Voet beim Becher gesessen."

„Mit dem wildesten, weitverrufensten der Likedeeler seit Klaus Stortebekers Tod?" stieß der Hörer erschreckt-staunend aus.

Der Oldermann nickte: „Ihr habt gesehen, daß sich auch anders mit ihm reden läßt, als die Weiber in den Kinderstuben an der Ostsee von ihm raunen."

„Und der Andere?"

„Der Euch vor dem Salzwassertrunk behütete? Mich nahm's wunder, er muß bei besonderer Laune heut' gewesen sein, denn sonst ist er jähern Gemüths als Bartholomes Voet und wird dem Viking seine Narrheit heut' Nacht nicht vergessen. Seinen Namen weiß ich auch nicht, wie ich zuvor gesagt, nur daß sie ihn Wisimar heißen."

„Wisimar —?" Osmund Werneking hielt jäh den Fuß und erfaßte den Arm seines Genossen — „Wisimar heißen sie ihn?"

Das Gesicht des greisen Seeräubers stand plötzlich mit jedem Zug lebend vor ihm, und wie mit einem Blitzstrahl war es ihm darüber hingegangen, hatte ihm das seltsame Gebahren, die absonderlichen Fragen des Alten erhellt. Es waren seines eigenen Vaters Züge, die ihn aus dem trotzigen, von Meergischt und Sturm eines Menschenlebens wild-verwitterten Kopf anblickten —

„Was befremdet Euch dran?" fragte der Oldermann verwundert, und Osmund entgegnete stockend und rasch:

„Nichts — Ihr verstandet mich fälschlich — ich meinte, wer der Andere sei — im rothen Mantel wie ein Narrenkönig" —

Nun lachte Tiedemann Steen auf. „Man hört's, daß Ihr jung seid, Herr Werneking, und vor zehn.

Jahren noch ein Knabe gewesen, den ein Spiel wichtiger
bedünkt, als die nordische Welt. Ein Narrenkönig freilich
ist er, wie Ihr ihn recht nennt, der sich „Herr Viking"
heut' beheißen läßt, aber damals trug er noch die wirk=
lichen Kronen von drei Reichen auf seinem Kopf, die er
nachher bei Nacht gestohlen, wie der Wismar ihm in
den Bart geworfen, um die Edelsteine daraus zu brechen
und auf seinen Narrenmantel zu putzen. Denn in seinem
eitlem Hochmuth ist er noch König Erich, der Pommer,
von Dänemark, Schweden und Norwegen."

So neuartig und wundersam Osmunds Gedanken
eben zuvor bewegt worden, riß ihn doch diese gleich=
müthige Erwiderung Tiedemann Steens aus seinem
Sinnen auf. Staunend=überrascht stieß er hervor:

„Der königliche Seeräuber von Gotland — der
Enkel Ingeborgs von Dänemark?"

Davon wußte der Oldermann nicht, sondern ent=
gegnete nur auf das erstere: „Eure Koggen, von denen
Ihr Euch bei Mönnsklint getrennt, haben ihn aus seiner
Hauptstadt Wisby aufgejagt. Er war grimmigen Sinn's
wider uns, als er h....., und haßte die Hansen noch
wüthiger als Dänemark, aber nun ist er vernünftiger
geworden."

Der Sprecher brach ab, es schien, daß er im Be=
griff gestanden, ein Licht auf den Zweck seiner nächt=
lichen Zusammenkunft mit den Vitalienbrüdern zu werfen.

Doch Osmund Werneking achtete nicht darauf, er ging
verstummt, manchmal zuckten seine Lippen, als ob sie sich
nochmals zu einer Frage öffnen wollten, allein er drängte
dieselbe gewaltsam zurück, wog sie nur hastig in seinen
Gedanken hin und her. Wie kam Wilma Oldigson zu
den Piraten? War etwa auch sie ihm noch anverwandt,
eine Tochter seines Oheims Wisimar? Endlich fragte er
leichthin, doch wie zufällig das Gesicht von seinem Begleiter abwendend:

„Durch welcherlei Umstand mag die Schenkin in
der Mannestracht auf das Schiff gerathen sein? Wisset
Ihr auch von ihr?"

Tiedemann Steen hatte inzwischen sichtlich andern
Gedanken nachgehangen, er sah kurz auf und erwiderte
gleichgültig:

„Das Mädchen meint Ihr? Er zieht sie auch
zum Seeräuber auf, sie muß, wenn der Sturm pfeift
mit in die Raaen. Fährt die Lust ihn an, stößt er sie
mit dem Fuß, doch die andern müssen ihr wie einer
Fürstin Ehrerbietung bezeugen, weil sie von seinem Blut
ist. Darum hat er ihr den Namen Oldigson beigelegt,
das Kind des Alten" —

„Wessen Kind?" fiel Osmund fast sprachunfähig
vor plötzlichem Schreck ein.

„Des alten Vikingnarren und irgend einer dänischen
Edeln, glaub' ich, eine der manchen Töchter, die er haben

mag — seht Euch vor, tretet hier nicht fehl, es geht
jählings hinab!"

Der Oldermann griff nach dem Arm seines Weg-
gefährten, deſſen Fuß ſtrauchelnd an der abſchüſſigen
Felswand ausgeglitten war. Osmund Werneking entgegnete nichts, ſprach bis zur Rückkehr in den Kaufhof
nicht mehr. Bleichen Geſichts ſchritt er neben Tiedemann Steen fort, nur ein Gedanke hämmerte in ſeinem
Kopf: Auch Wilma Oldigſon war ein Königskind, in
deſſen Herzen das falſche Blut Waldemars Atterdag und
Ingeborgs von Dänemark floß. —

Bei ſeiner Heimkunft zum Lübecker Garten begab
Osmund Werneking ſich ſogleich in ſeine Stube, ſetzte
ſich auf den Rand ſeines Lagers und verſuchte Klarheit
in das ſtürmiſch wogende Getriebe des Kopfes und des
Herzens zu bringen. Doch körperlich und geiſtig gleich
ermüdet, glitt unbewußt ſein Kopf bald zurück, und
todesähnlich ſchwerer Schlaf fiel lange Stunden auf ihn.
Als er erwachte, vermochte er ſich anfänglich kaum zu
beſinnen, weshalb er voll angekleidet daliege und was
vorher zuletzt um ihn geweſen. Dann kam ihm jäh das
Gedächtniß, er ſprang auf und blickte hinaus. Der Tag
war trüb verhängt geblieben, zog mit breiten, auseinander klaffenden und zuſammendrängenden Nebelmaſſen
an den Bergen und gab keine Auskunft, wie weit er vor-
geſchritten ſei. Nur ein undeutliches Gefühl ſagte dem

vergeblich nach dem Stand der Sonne Umschauenden,
es müsse schon über den Mittag hinaus und Zeit für
ihn sein, aufzubrechen, wenn er seine Zusage, an der
Felswand mit Wilma Olbigson zusammenzutreffen, erfüllen wolle. War es noch seine Absicht? Er mußte
es selbst nicht. Nach ihren letzten Worten erwartete
sie ihn dort — doch mit welchen heimlichen Plänen ihrer
Nixenaugen? Vollzog sie etwa einen Auftrag ihrer Genossen, ihres Vaters, ihn für die räuberischen Zwecke
derselben zu gewinnen?

Sein Kopf war noch zu wirr, Vernunft und Sinn-
losigkeit in seinen Gedanken zu scheiden. Er hatte seit
dem vorigen Mittag keine Nahrung zu sich genommen,
und Schwäche trieb ihn in den Schütting hinüber. Dort
erfuhr er, daß es bereits siebente Nachmittagsstunde sei,
und eine plötzliche Bestürzung ließ ihm den Herzschlag
aussetzen. Hastig ergriff er ein Stück Brod gegen den
ermattenden Hunger und eilte, dasselbe auf der Gasse
verzehrend, hinaus. Er hatte verheißen, zu kommen, und
mußte zum letzten Mal sein Wort halten. So lief er
zwischen den Häusern des Ueberstrands hin; als er am
Munkholmkloster vorüberkam, trat auf ein halb Hundert
Schritte von ihm Tove Sigburgsdatter aus der Thür
der bischöflichen Wohnung. Sie gewahrte ihn und öffnete unwillkürlich die Lippen, ihn anzurufen, schloß dieselben jedoch rasch wieder und suchte ihn mit freudig

glänzenden Augen beschleunigten Schrittes zu erreichen.
Aber es gelang ihr nicht, obwohl auch sie nach einer
Weile zu laufen begann; in athemloser Hast stieg er nun
durch die trübnebelnde Luft den Berg hinan. Nur als
ein dunklerer Schatten durchschimmerte er noch das graue
Gespenst umher; hier war es menschenleer, und die Besorgniß, welche Tove zuvor von einem lauten Ruf seines
Namens abgehalten, fiel weg. So öffnete sie abermals
die Lippen, doch abermals schloß sie ebenso schnell und
dießmal mit einem plötzlichen Zucken, bei dem zugleich
der freudige Glanz zwischen ihren Lidern erlosch, den
Mund und schwieg. Dem steilen Aufstieg zum Trotz
verdoppelte Osmund Werneking noch seine Eile; es mußte
zu spät werden, bis er an den weit entfernten Platz der
Zusammenkunft hinlangte. Wilma Oldigson hatte diesen
muthmaßlich bereits verlassen, und sie konnte nicht mehr
von ihm hören, was er sich ihr zu sagen vorgenommen.
Ueber ihm lag der Gipfel jetzt völlig von einer Wolke
eingehüllt; noch kurz, und er befand sich selbst in dieser,
daß er kaum weiter als auf zwiefache Sprungweite etwas
unterscheiden konnte. Aber er kannte Merkzeichen der oft
verfolgten Richtung und lief unbeirrt vorwärts. Da
schlug ihm dichther aus der Gebirgs- und Wolkenstille
ein halb unterdrückter Jubelton an's Ohr, und wenige
Schritte seitwärts von ihm tauchte das blonde Haar und
Antlitz Wilma Oldigsons aus dem Nebel. Sie war

ihm bis hieher entgegengekommen, ängstliche Erwartung
redete aus ihrem Blick und verwandelte sich blitzesschnell
in leuchtende Glückseligkeit. Wie ein schwebender Vogel
flog sie auf ihn zu, doch nun stutzte sie und hielt scheu
und schreckhaft den Fuß. Seinen Lippen war jäh ent=
flogen: „Kommst Du bis hieher, Königstochter, mich
von meiner Pflicht zu verlocken?"

Sprachlos blickte sie ihn an, ehe sie stammelnd
wiederholte: „Von welcher Pflicht? Ihr kamt nicht
und mich befiel's droben in der Einsamkeit wie Grabes=
kälte — doch nun seid Ihr — wollt Ihr denn nicht
auch zu mir —?"

„Zum letzten Mal, um Dir zu sagen, daß ich nicht
Johann Wittenborg gleiche, mich thöricht von einem
Dänenkönige und seiner Tochter berücken zu lassen!"

Osmund Werneking stieß es heftig heraus, sein
Kopf wußte nicht, was seine Zunge sprach. Wie eine
schützende Waffe hatte er die anschuldigenden und kränkenden
Worte gegen die hellen, holden Augen des Mädchens vor
sich gehalten, in denen der Schreck, die Angst höher stieg.
Sie schwankte, von dem Unerwarteten wie betäubt, die
Kraft drohte sie zu verlassen, und nur mühsam brachte
sie noch hervor:

„Was habe ich Dir gethan — kann ich denn da=
für, daß er mein Vater ist —?" und die Füße brachen
haltlos unter ihr zusammen. Doch im selben Augenblick

zerriß auch sein Herz mit einem stürmischen Schlag die sinnlose Bethörung seines Kopfes. Es sagte ihm, daß auch Tove Sigburgsdatter von Waldemars Atterdag und Witta Holmfelds Blut entstammt sei und ihre Kinder= unschuld doch nicht Falschheit, Trug und Treulosigkeit von ihnen geerbt habe — und zugleich klopfte ihm das Herz, das einst auch Elisabeth von Holstein Dietwald Wernerkin mit den gleichen bitterlich klagenden Worten gefragt: „Was habe ich Dir denn Leides gethan, daß Du mir zürnst?" — und vorspringend umschlang er das schöne Königskind mit den Armen, hielt sie, ehe sie kraftverlassen zu Boden stürzte, und rief mit trunkener Stimme:

„Elisabeth — bist Du gekommen, weil Du mich lieb hast — ?"

Ein Schrei entflog ihr, den die Wolke mit seltsamem Echo widergab, denn es klang, als ob unfern von drüben ein anderer Menschenmund ihn ebenso laut zurückgestoßen, doch ihre Ohren vernahmen nichts davon. Er hatte sie zu sich niedergezogen, sie lag noch halb ohnmächtig, doch aufgebogenen Antlitzes an seiner Brust, und ihre Lippen ruhten lautlos aufeinander. Dann nach langer Weile schlug sie traumhaft lächelnd die Lider auf und sprach zum ersten Mal: „Wenn ich Dich nicht lieb gehabt und nicht um Dich gebangt, wäre ich am ersten Tag nicht bei Dir geblieben."

Nun redete er ihr von der thörichten Sinnesver-
wirrung, die ihn befallen, als er vernommen, daß sie
König Erichs Tochter, des Enkels Ingeborgs von Dänemark sei. Wie er es sprach, begriff er es selbst nicht
mehr; glückestrunken fügte er am Schluß drein: „Du
bist nicht Ingeborg, die wieder ins Leben erstanden, du
bist Elisabeth — so will ich Dich auch als mein Weib
benennen, denn ihr Name kommt Dir zu und ihr Angedenken mit ihm —"

Er zog das kleine Goldkreuz Elisabeths von Holstein von seinem Nacken und schlang die Schnur um den
ihrigen. „Es soll mir Dein Herz hüten, verbirg's, bis
Du es offen vor aller Augen tragen kannst." Und hastig
erklärte er ihr, wer es einstmals besessen.

Freudig drückte sie die Lippen darauf. „Mög es
mir besseres Heil bringen als ihr! Das ist der erste
Dank, den ich meinem Vater schulde, daß nach meiner
Hand kein König verlangt. So wende Dich, daß ich
es bewahre."

Er verstand nicht, was ihr letztes Wort begehrte,
und erwiderte: „Warum?" Erst wie ein liebliches
Roth jetzt über ihre Stirn aufflog, kam ihm das Verständniß, und gleichfalls erröthend, drehte er schnell den
Kopf von ihr ab. Nun öffnete sie rasch ihr grobes
Schiffergewand und barg das blinkende Kreuzchen an
ihrer, einen Moment gleich rosiger Frühlingsblüthe aus

rauher Baftrinde aufſchimmernden Bruſt, dann legte ihr
Arm ſich, ſeine Augen ſtumm wieder gegen die ihrigen
herumziehend, um ſeinen Nacken zurück. „Das Gold trägt
noch Deines Herzens Wärme in ſich," flüſterte ſie, „und
ſpricht von ihm zu meinem."

Er lächelte träumeriſch: „Die Wärme kommt noch
von der Sonne auf der Haide bei Arensfeld, Eliſa=
beth —"

Doch jetzt hob er ſie raſch vom Boden; in un=
freundlichſtem Gegenſatz zu dem Bilde, das vor ihm auf=
geſtiegen, lag die Berghalde froſtig, feucht, wolkenverhüllt
um ſie, und er ſprach: „Komm laß uns gehen!"

„Gehen? Wohin?" erwiderte ſie in halber Be=
ſinnung.

Auch ihm kam jetzt erſt die Antwort, daß er ſie
nicht in den Kaufhof bringen könne, zugleich indeß der
Gedanke an die wohnlich eingerichtete Stube Toves, und
er entgegnete freudig:

„Ich weiß gute Zuflucht für Dich in Bergen, bis
ein Schiff eintrifft, das uns nach Wismar hinüberführt."

Aber nun erſchrak Wilma Olbigſon heftig. „Nach
Bergen? Unmöglich — ich muß zurück! Mein Vater
hat den Tag hindurch wie ein Sinnloſer geraſt und ge=
tobt, denn ihm fehlt einer von ſeinen koſtbaren Steinen.
Wenn ich ihm heut Abend nicht den Becher füllte, würde
er mich ſuchen und tödten."

„Er wird sich hüten, Dich in Bergen zu suchen, wo ich und alle Hansen Dich beschützen —"

Doch das Mädchen fiel unruhvoll ein: „Glaub es nicht — sie würden mich ihm mit Gewalt zurückliefern, wenn er es begehrte. Es ist nicht Herr Tiedemann Steen allein, Eure Oldermänner insgesammt stehen mit ihm im Verbund."

Osmund Werneking fragte hastig: „Zu welchem Zweck? Jetzt muß ich es wissen!"

„Ich kann's Dir nicht sagen, wenn sie drüben rathen, darf Niemand bei ihnen verweilen. Aber deshalb sprach ich Dir von Tiedemann Steens Thorheit, denn mir ahnt, er wird der Betrogene sein. Hinter seinem Rücken sah ich einmal Bartholomes und Wismar sich mit lachenden Augen anblicken, die ich kenne und listigen Trug deuten. Er kommt nicht allein zu uns, sondern zu mancher Zeit auch andere mit verdecktem Gesicht, von denen ich nicht weiß, wer sie sind, denn ich darf ihnen die Becher nicht füllen. Noch heut Morgen war Einer dort, der von Norden her über die Berge kam. Er muß ihnen gute Botschaft gebracht haben und launiger Reden voll gewesen sein; ich hörte sie mit echtem Klang wild lachen und lustig zusammenstoßen."

„Es geschieht Tiedemann Steen recht, wenn er betrogen wird, denn was er sinnen mag, scheut das Licht," antwortete Osmund. Er hatte auf die letzten Mittheilungen

Wilmas kaum mehr gehört, sondern nur ihre vorherigen
Worte erwogen und erkannt, daß unter solchen Umständen
in der That sein Arm nicht ausreiche, um sie sicher
gegen den Jähzorn ihres Vaters in Bergen zu beschützen.
Ein Schiff stand ihm im Augenblick nicht zu Gebot,
seine Kogge war schon seit einem Monat mit Waaren
beladen nach Lübeck heimgesegelt, er harrte ihrer Rück=
kunft, doch es konnte noch eine Woche darüber ver=
streichen. Wilma Oldigson sprach leider wahr, es blieb
nichts übrig, als daß sie bis dahin auf das Seeräuber=
schiff zurückkehrte und behutsam jeden Verdacht ihrer Ge=
nossen mied. Er sprach jetzt hastig:

„Du hast recht, so mußt Du heut noch von mir
— ist Niemand bei Euch, der sich Deiner gegen die
Wuthausbrüche Deines Vater annimmt? Bartholomes
Voet däucht mich besonnener —"

Sie schüttelte den Kopf. „Ihm ist jedes Weib
verhaßt, er duldet keines auf dem Schiff als mich, und
es würde ihm Spaß bereiten, mich nach einer Laune
meines Vaters wie eine Katze in einen Sack zu binden
und ins Wasser zu werfen. In Wismar allein ist manch=
mal etwas Menschliches; als ich noch Kind war, hat er
mich dann und wann auf sein Knie gesetzt und geschaukelt.
Doch ich glaube, daß ich ihm nur ein Spielzeug bin,
um seine Lust zu haben, den König zu reizen und zu
ergrimmen."

„Weißt Du seinen Namen nicht?" fiel Os=
mund ein.

Das Mädchen verneinte. „Auch die Andern kennen
ihn nur als Wisimar; er muß Grund haben, seinen
wirklichen Namen zu bergen."

Nun lächelte Osmund Werneking: „Ich hoffe, Du
wirst bald den gleichen führen, Elisabeth, denn es ist
meines Vaters Bruder, der seit mehr als dreißig Jahren
zu Lübeck verschollen. So hatte ich nicht gedacht, ihn
zu finden, als ich von Wismar ausritt, doch Du sprachst
es, Menschliches muß sich noch hinter seiner wilden
Miene bergen, denn Dietwald Werunkins Art kann nicht
völlig in ihm ausgelöscht sein. Er erhielt mir das Leben,
als er mich von seinem Blut erkannt; sprich ihm nicht,
daß auch ich von ihm weiß, aber sollte Dich Drängniß
befallen, ehe ich Dich gesichert in den Armen halte, so
suche bei ihm Schutz. Sein Aeltervater hätte keinem
bedrohten Weibe Hülfe verweigert; ob er ein Seeräuber
geworden, ist's mir doch tröstlicher, Dich bei ihm als
bei Deinem Vater zu wissen."

Staunend=überrascht hörte Wilma Oldigson die Mit=
theilungen über Wisimar Werneking, sie waren zur Höhe
des Bergrückens hinangeschritten, drüben lag das Ge=
wirre von Felsen und Klippen wolkenfrei, doch der Abend
fiel schon dämmernd drüber herein. Osmund wollte sie
weiter bis zu der gewohnten Scheidestätte geleiten, aber

sie entwand sich jetzt seinem Arm und sagte mädchenhaft-
schelmisch lächelnd: „Es ist spät, ich muß eilen, mit
Dir zusammen käme ich zu langsam hinüber. Das Kreuzchen Elisabeths geleitet mich besser, denn es denkt nichts
anderes, als mich auf immer wieder zu Dir zu bringen.‟

Sie standen und beredeten noch kurz das allabend-
liche Zusammentreffen an der Felswand, bis die Kogge
von Lübeck zurückgekehrt sei und ihnen das Verlassen
Bergens ermögliche. Dann nahmen ihre Lippen noch
langen wortlosen Abschied, und dann flog Wilma Oldigson nordwärts über das steinige Gefild, wie ihr Vater
sie gezwungen, von Kindheit auf furchtlos im Sturm
in die Schiffsraaen hinaufzufliegen. Oftmals drehte sie
sich im Lauf und winkte mit der weißen Hand flüchtig
zurück; allmählich fielen die Schatten dichter über ihr
Goldhaar, und nun verschwand alles. Statt der trunkenen Seligkeit rann ein jähes Schauergefühl durch Osmund Wernekings Herz, ihm war plötzlich, als habe er
sie zum letzten Mal gesehen und sie komme niemals
wieder zurück. Vergeblich suchte er, sich jetzt auch zur
Stadt niederwendend, die unheimliche Anwandlung dieses
Empfindens zu bekämpfen, seine Gedanken auf den gemeinsamen, heimlichen Zweck zu richten, den die Oldermänner des hansischen Kaufhofes mit den Vitalienbrüdern
verfolgten. Es gelang ihm nicht, wonnevoll und bangend
überklopfte sein Herz jede Anstrengung des Kopfes. Unter

ihm lag nun im letzten Dämmern die Stadt, die Wolke
war, schlüpfrig den Boden nässend, auf den Berg nieder-
gesunken; in seiner Achtlosigkeit oftmals ausgleitend und
strauchelnd, schritt er abwärts. Er hatte fast den Thal-
rand erreicht, als er unversehens den Fuß noch stockte,
der beinahe über einen dunkeln Gegenstand im Wege gestürzt wäre. Eine weibliche Gestalt lag regungslos auf
der feuchten Erde ausgestreckt, wie er sich niederbückte,
erkannte er zu seinem mitleidsvollen Schreck die kreide-
blassen Gesichtszüge Toves. Sie war vermuthlich nach
ihrem Brauch gegangen, um stumme Zwiesprache mit dem
alten Thurm von Bergenhuus zu führen, auf dem brüchig-
glatten Boden gefallen und ohnmächtig liegen geblieben.
Als er ihren Kopf hob und ihren Namen rief, schlug sie
die Augen auf und sah ihm mit einem unbeweglichen,
todesstillen Blick ins Gesicht. Er fragte hastig: „Kennst
Du mich, Tove?" Sie antwortete nur: „Ja," und
als er besorgt weiter fragte: „Hast Du Dich verletzt?"
erwiderte sie ebenso: „Nein," und richtete sich, wie von
Frost geschüttelt, empor. Er schlang seinen Arm um
ihre Schultern, sie zu stützen, doch nun sprach sie leise:
„Ich kann allein gehen und will Dir nicht zur Last
fallen. Es war meine thörichte Schuld, aber jetzt ists
vorüber und es ist mir gut." Weiter gab sie auf keine
Frage Antwort und ging, die Hände auf ihrer Brust
zusammendrängend, sicher neben ihm; sie schien wieder

von einem ihrer wunderlichen irren Anfälle überkommen
gewesen zu sein. Osmund Werneking geleitete sie
nach Hause; als sie in die Thür ihrer Stube trat
und er ihr nachfolgen wollte, drehte sie den Kopf gegen
ihn zurück und fragte mit dem ausdrucksleeren Blick von
zuvor: „Was willst Du?" Doch ehe er verwundert
darauf zu entgegnen vermochte, stieß Brouke Tokkeson
einen halblauten Ruf der Bestürzung aus: „Der Herr
Bischof — verbergt Euch, Herr!" Es war indeß zu
spät, der am Nachmittag von seiner Reise Zurückgekehrte
öffnete bereits die Außenthür und setzte den Fuß über
die Schwelle. Sichtlich überrascht heftete er den Blick
auf Osmund Werneking, doch auch dieser bemaß einen
Moment erstaunt den Eintretenden, von dem er sich
eine durchaus andere Vorstellung entworfen hatte. Bischof Torlef war ein noch junger Mann, der kaum über
die Mitte des vierten Jahrzehnts hinausgerückt sein
konnte, hochgewachsen, schlank-geschmeidig in seinen Be-
wegungen, eher einem kühnen Söldnerführer als einem
geistlichen Würdenträger gleichend. Sein Gesicht sprach
mit scharf ausgeprägten Zügen, dunkeln Augen und
Haaren von alter Normannenabkunft, ohne indeß irgend-
welche Aehnlichkeit mit denjenigen Toves darzubieten;
fast in seltsamem Widerspruch zu der ganzen Erscheinung
lag um seine starkgewölbten Lippen, deren obere sich etwas
aufbog, ein lachender Ausdruck, vielleicht weniger in Wirk-

lichkeit, als durch das Vorschimmern der unbedeckten
weißen Zähne täuschend veranlaßt. So viel gewahrte
Osmund in der unsicher flackernden Kienspanbeleuchtung,
bei der Brouke Tokkeson gesessen; trat nun, der gestrigen
Mahnung der Alten eingedenk, raschbedacht gegen den
Bischof hinan und sprach, daß er Tove bewußtlos am
Berghang gefunden, sie nach ihrer Wohnung gefragt und
hierher geleitet habe. Ueber das Gesicht des Bischofs
Torlef ging ein schnell umgewandelter, artigst=zuvor=
kommender Zug, er streckte die Hand aus, erfaßte und
drückte dankbar diejenige Osmunds und entgegnete: „Ihr
seid ein Hanse, das bekundet, Ihr seid großmüthig,
menschenfreundlich und hülfbereit, trachtet gleich den
Dienern der Kirche nach dem Gebot unseres Heilandes,
Euch der Nothbedürftigen zu erbarmen. Möge der
Himmel Euch gesegnen in Euren Werken und Wünschen
für den Beistand, den Ihr einer Waise geleistet, deren
meine geistliche Pflicht als Lehrer und Berather ihrer
Verlassenheit sich väterlich angenommen. Sie leidet
manchmal an einem plötzlichen Zufall, so werdet Ihr sie
betroffen haben, und sie wird nur der Ruhe und meines
tröstlichen Zuspruchs bedürfen, um sich ohne weitere Ge=
fährdung rasch völlig zu erholen. Aber nehmet meinen
Dank und Segen mit Euch für Euer christliches und
ritterliches Thun!"

Es war eine liebenswürdig eingekleidete Auffor=

derung, den Vater mit seiner Tochter nach ihrem Unfall
und seiner langen Abwesenheit allein zu lassen. Osmund
Werneking stand einen Augenblick im Begriff, dem erstern
die nahe Verbindung, in die er mit ihr gerathen, kund=
zugeben, verschob in seiner Erwägung jedoch diese Mit=
theilung schnell auf gelegenere Stunde und nahm von
dem Bischof, dessen Behaben ihn äußerst einnehmend an=
gemuthet hatte, Abschied. Dann verneigte er sich freund=
lich vor Tove, die ohne Worte auf der Schwelle stehen
geblieben war. Sie hatte indeß ihr seltsames, wie schlaf=
wandelndes Wesen noch nicht abgelegt und erwiderte
seinen Gruß nicht; nur in ihren gegen ihn gerichteten
Augen irrte ein stummes Leben, als suchten sie ihn mit
dem regungslosen Blick einer tödtlich betäubenden Angst
festzuhalten. Er sah noch, wie der Bischof ihren Arm
faßte, sie in ihre Stube hineinführte und die Thür hinter
sich schloß; nun ging er, und erst die ausgestreckte Hand
Brouke Tokkesons erinnerte ihn noch an die Gegenwart
derselben. Ihr die gewohnte Gabe darreichend, fügte er
leise hinzu: Sorge, daß ich Tove morgen noch einmal
ohne Vorwissen ihres Vaters zu sprechen vermag."

Die Alte stutzte verwundert und wiederholte: „Ihres
Vaters? Welches Vaters?"

Osmunds Kopf vollzog eine leicht deutende Be=
wegung nach der Stube des Mädchens. „Wenn Du es
verhehlen mußt, so thu's!"

13*

Er wollte die Außenthür durchschreiten, doch nun
hielt Vrouke Tokkesons knochige Hand ihn und sie
flüsterte:

„Glaubt Ihr, die schöne Sigburg sei des Herrn
Bischofs Liebste gewesen? Da müßte sie an einem bart-
losen Knaben Gefallen gehabt haben!"

Ihr verrunzelter Mund lachte trocken-heiser; einen
Augenblick war auch Osmund bei der jugendlichen Erscheinung Torlefs der nämliche befremdende Gedanke gekommen, und unwillkürlich erwiderte er:

„Ist der Bischof nicht ihr Vater? Wer denn?"

Die Alte hob sich an sein Ohr," Ihr seid freigebig, Herr — gestern sagtet Ihr, daß Ihr es wüßtet,
was sie selbst nicht weiß —"

Ungeduldig befriedigte er die Habgier ihrer wieder
vorgestreckten Hand. „Sprich, womit Du mich belügen
willst!"

„Glaubt es, oder nicht, Herr, ich sprach Euch, sie
stamme von edlerm Blut und sei wohl Goldes werth,
denn sie ist zur Stunde noch ein Mädchen, wie die
schöne Sigburg es war, ehe sie —"

Vrouke Tokkeson legte die Lippen dichter an sein Ohr
und raunte einige Worte hinterdrein. Dann stand Osmund Werneking halb sinnbetäubt auf der nächtig dunkel
gewordenen Gasse. Der Mund der Alten hatte ihn nicht
belogen, sein eigenes Auge und Ohr hatte Zeugniß für

die Wahrheit ihrer Aussage abgelegt. Auch Tove Sig=
burgsdatter war nicht nur ein Königskind vom Blute
Waldemars Atterdag her, sondern auch ihr Vater ein
König, denn es war derselbe, dem Wilma Oldigson ihr
bangendes Leben verdankte.

* * *

Ein Tag hatte mit nebelndem Uebergang den kurzen
Sommer Bergens beendet und in frühen, rauhen Herbst=
beginn umgewandelt. Von schweren, jagenden Wolken=
massen fiel trübes Licht, aus Südwest her peitschte schar=
fer Wind in pfeifenden Stößen die bis dahin ruhige
Wasserfläche des Waagfjordes, daß die Wellen weiß=
mähnig an den düstern Felswänden und bis zum Fuß
des alten Thurmes König Olaf Kyrres aufklatschten.
Doch Osmund Werneking freute sich des lauten Luft=
aufruhrs, denn derselbe mußte die Ankunft der von
Lübeck erharrten Kogge beschleunigen und entsprach besser
als sonnige Stille seinen eigenen, sich unruhvoll über=
stürzenden Gedanken. Alles Trachten in ihm vereinigte
sich zu dem einzigen Begehren, mit Wilma Oldigson auf
sicherm Schiffe Bergen hinter seinem Rücken zu lassen, das
zumal jetzt unter der bleiernen Himmelsdecke ihn mit dem
steten Erneuern einer unheimlichen Empfindung ansah.
Er fühlte sich fremd wie am ersten Tage in der wilden
nordischen Welt, zwischen deren starrenden Abgründen

unbekannte, heimliche, lichtscheue Pläne lauerten, denen
er nach seiner Sendpflicht entgegenzuwirken ohnmächtig
und verlassen dastand. Gar anders offenbar noch, als
man zu Lübeck vermuthete, handelten hier die Leiter des
hansischen Kaufhofes in Gemeinsamkeit mit den Schustern nach eigenem Gutdünken und Verlangen, setzten
im Stillen gleichgültig und selbstherrlich ihre Absichten
den Vorschriften des Städtebundes entgegen. Osmund
wollte für die nur kurze Dauer seines Aufenthaltes nicht
in Erfahrung bringen, was zu hindern doch nicht in
seinen Kräften liegen konnte; seiner Aufgabe hatte er
genügt, um ausreichend Bericht an der Trave über den
Zustand in Bergen abzustatten. Er vermied, mit Tiedemann Steen und den andern Oldermännern zusammenzutreffen, spann sich nur in sorgliche Erwägung dessen,
was ihm für sich selbst zu thun oblag, ein. Schon in
der Nacht hatte er bereut, der Furchtsamkeit Wilmas
vor ihrem Vater nachgegeben und sie nochmals auf das
Piratenschiff zurückgelassen zu haben. Er sagte sich, welcherlei Grund die Oberherren des Kaufhofes besitzen
möchten, den Wünschen der Vitalienbrüder zu willfahren,
so würden sie es dennoch nicht wagen, ihm seine Braut
offen, gewaltsam zu entreißen, wenn das Schreiben Herrn
Marquart Pleskows ihn als Vollmachtsabgesandten des
Lübecker Rathes kundgebe, und er faßte den Entschluß,
Wilma bei der heutigen Zusammenkunft unweigerlich mit

sich zur Stadt herunterzuführen und für die voraussichtlich nur noch wenigen Tage an geeigneter Stelle zu verbergen. Als solcher passendster Ort erschien ihm die Wohnung ihrer unbekannten Halbschwester, wo er sie obenbrein unter den Schutz des Bischofs stellen konnte, der sich Tones elternloser Verlassenheit in so christlich-menschlicher Warmherzigkeit erbarmt und ohne verknüpfende Bande des Blutes zwischen ihm und ihr die fremde Waise in seine väterlich sorgende Obhut genommen hatte. Dort vermochte Wilma, wenn sie an Höhe der Gestalt auch den kindlich-schmächtigen Wuchs Tones beträchtlich überragte, doch von der letztern die Kleider ihres Geschlechtes anzulegen, und vielleicht — das Herz des Nachdenkenden klopfte stürmisch auf — ward es möglich, daß der Bischof während des Aufenthaltes die priesterliche Weihe über ihre Verbindung sprach und er sie schon als sein junges Eheweib mit sich zur Rückfahrt nach Wismar aufs Meer hinausnahm. Dann begleitete Tone sie, die keinen Vater mehr verließ, der Rechte an sie besaß und mit Liebe an ihr hing, sondern sie zog an der Seite ihrer Schwester in die einzige wirkliche Heimath, welche die Erde ihr bot. Ein Wogen des Glückes erfüllte Osmund Wernekings Brust, er konnte den Nachmittag kaum erwarten, um sich zur Ausführung des ersten Schrittes seiner reiflich überdachten Pläne auf den Weg zu machen. Der Wind steigerte sich noch mehr

und mehr und trieb ihn wie mit breiter, stützender Hand=
fläche den Berg hinan und weiter über die Steinhalden,
so daß er, gleichsam von äußern und innern Flügeln
fortgetragen, schneller als sonst sein Ziel erreichte. Wilma
befand sich noch nicht dort; wohl eine Stunde verging,
aber sie kam nicht. Er stand lauschend am Rande ihres
Abstiegs, doch nur der Wind wirbelte sich unter ihm
winselnd und stöhnend in die dunkle Felskluft hinab;
von immer quälenderer Unruhe gepackt, setzte er halb un=
bewußt den Fuß weiter vor und ließ sich über die Stein=
zacken, die eine Art von der Natur ausgehöhlter Treppe
bildeten, nieder. Innerlich mußte er über die behende
Gewandtheit und den Muth des Mädchens staunen, das
diesen Weg ausgekundschaftet und täglich furchtlos zurück=
gelegt, um droben eine Stunde in der Einsamkeit und
im Licht des Sonnenunterganges verweilen zu können;
fast überall stürzte ein Fehltritt auf den schmalen Stufen=
vorsprüngen unrettbar in den Abgrund. Von seiner
drängenden Hast getrieben, sah er jedoch eher, als er
erwartet, das Wasser des schmalen Fjords unter seinen
Füßen und sich unverkennbar auf die ebene Felsbank
niedergelangt, die ihn weiter rechtshin in der Nacht zum
Ankerplatz des Schiffes entlang geführt hatte. Behutsam
verfolgte er die Richtung bis zu der ihm bekannten Stelle,
wo die hoch überragende Wand scheinbar den Weg ver=
sperrte. Dort harrte er wiederum geraume Weile, doch

zuletzt duldete der angstvolle Schlag seines Herzens keine
Unthätigkeit mehr. Es pochte ihm, daß alles gleich sei,
nur zu ihr müsse er — gleichgültig, ob er entdeckt werde
und sein Leben nur durch einen Eidschwur retten könne,
selbst für immer als Seeräuber mit auf dem Schiffe
zu verbleiben — und vorschreitend, bog er den Kopf um
den jähen Felsrand, an dem die wachsamen Wolfsrüden
ihm entgegengefahren. Da lag rundum nur ödes, leeres,
wind= und wellenumbraustes Geklipp vor ihm, die Pira=
tensnigge war aus dem Fjord verschwunden.

Das war's gewesen, was sein Herz gestern mit
einem kalten Schauer durchrüttelt, als die Schatten über
sie gefallen und ihr goldenes Haar seinen Augen entrückt
— er hatte sie zum letzten Mal gesehen.

Es war Abend, wie Osmund Werneking halb der
Besinnung baar wieder in Bergen eintraf. Mechanisch
trug sein Fuß ihn nach dem Hause Toves, er wußte
nicht, was er dort wollte, aber er konnte das einsame
Brüten seiner Gedanken nicht länger ertragen, mußte
die Stimme eines anderen Menschen hören, mit ihm
reden, um der unablässigen Selbstanklage seines Herzens,
daß er Wilma gestern mit frevelhafter Thorheit von sich
gelassen, zu entrinnen. Zweifellos hatten ihre Schiffs=
genossen sie bei dem günstigen Wind so plötzlich mit dem
Entscheid, ins Meer auszulaufen, überrascht, daß ein
Davonkommen ans Ufer ihr nicht mehr möglich gefallen.

Der Wind schwoll immer mehr zum Sturm, auch das,
sie in der Nähe der Schären auf der wütenden See zu
wissen, betäubte Osmund mit sinnberaubender Angst.
Nun stand er vor dem Hause Toves, es fiel kein Lichtschein aus demselben heraus, er faßte die Thür und trat
hinein, drinnen empfing ihn lautlose Stille, keine Kohlen
glommen auf dem Herd. Eben so verlassen sah in der
tiefen Dämmerung die Stube des Mädchens ihn an;
unbewegt stand alles wie sonst um ihn, doch die Be-
wohnerin war daraus verschwunden, gleichwie Wilma
Olbigson drüben aus dem Fjord. Ungewohnt schimmerte
nur etwas Weißes vom Boden, als er sich danach bückte,
erwies es sich als Stücke des kunstvollen Elfenbeinkru-
zifixes. Dasselbe mußte von der Wand herabgefallen
sein; es war auffällig, daß es in so viele Scherben zer-
sprungen, wie wenn ein Fuß sich darauf gesetzt und es
absichtlich zertrümmert habe. Doch Osmund Werneking
verweilte mit keinerlei Nachsinnen dabei. Wohin waren
Tove und Broike Tokkeson? Alles regte den Eindruck,
daß die beiden Räume des Hauses schon den Tag hindurch so vereinsamt dagelegen. Er schritt wieder hinaus,
mühsam gegen den wachsenden Sturm, der das Holz-
gebälk der normännischen Gebäude rüttelte, daß ein un-
ausgesetztes Knattern und Krachen die Gassen durchlief.
Im Dunkel streiften ihn fast zwei eilfertig ausschreitende
Männergestalten. „Die Nacht wird gut," sagte der

eine; der andere erwiderte lachend: „Gebe der Himmel
beſſern Tag danach, die Schrift ſagt, ſeid früh wachſam
und betet!" Ihr Schritt verklang raſch in dem Getöſe
umher; der Biſchof Torlef hatte das letztere entgegnet,
auch die Stimme des erſtern hatte Osmund ſchon ein=
mal vernommen. Ohne daß er darüber dachte, rief ſie
ihm im Ohr das Gedächtniß wach, es war Herr Oluf
Nielſen, der Stadtvogt Königs Chriſtoph zu Bergen ge=
weſen. Der zum Kaufhof zurück Trachtende ging weiter,
kurz danach ſchlug aus der Höhe ein Holzdach dicht vor
ihm auf den Weg herunter. Unwillkürlich bog er gegen
das Gebäude an der andern Seite hinüber, hielt jedoch
im nächſten Augenblick an und ſprach laut: „Wozu?
Hätteſt du mich getroffen, wäre die Qual vorüber."
Aber noch in ſein letztes Wort traf dichther ein Ruf
ſeines Namens ihm ans Ohr, daß ſein Kopf mit einem
plötzlichen Ruck herumflog. Wie die Stimme Wilmas
hatte es geklungen, über ſich in offener Fenſterhöhlung
eines größern Hauſes gewahrte er den weißlichen Schim=
mer eines Geſichts, von dem es jetzt gedämpft nieder=
ſprach: „Du biſt's!" Da war es der täuſchende Stim=
menklang Toves, er erwiderte: „Ich habe Dich geſucht,
wie kommſt Du hieher?" Dann erkannte er dunkel die
Wohnung des Biſchofs Torlef und fügte drein: „Warum
biſt Du hier?"
Doch der ungewiß rinnende Schein des Antlitzes

gab haſtig geflüſterte Antwort: „Geh — daß er Dich nicht ſieht!"

„Wer ſoll mich nicht ſehen?" Ihm entflog ſchwer= müthig von den Lippen: „Komm' mit mir, Tove, und bleib' bei mir, ich bin ſo allein und fürchte mich vor der Nacht."

„Du fürchteſt Dich? — ich thu's mehr." Es kam von ihrem unſichtbaren Munde mit dem klagend irren Ton, an dem man hörte, daß ein Schaudern ihre Glie= der durchrüttelte. Sie ſtand einen Augenblick verſtummt, dann wiederholte ſie geheimnißvoll raunend: „Geh — hüte Dich vor dem Sturm! Er will über uns — ich muß hier bleiben — ich muß wiſſen, eh' der Morgen kommt, was er will — um jeden Preis —"

Die ſinnloſe Unverſtändlichkeit der Worte, der Klang ihrer Stimme redeten Osmund Werneking, daß vermuth= lich der wilde Aufruhr des Himmels und der Erde einen Anfall ihrer Gemüthsirre über ſie gebracht. Auch ſein Kopf war dumpf=verworren, er entgegnete: „So leg' Dich zum Schlaf, Tove, und hab' beſſere Nacht als ich."

Osmund wandte den Fuß, doch nun ſcholl noch einmal der Ruf ſeines Namens, und danach ſtießen die Lippen des Mädchens hervor: „Du gehſt —?"

Eine namenloſe, flehende Angſt zitterte aus der Frage und drehte ihm nochmals die Stirn. „Was ſoll ich?" erwiderte er. „Du heißt mich ja gehen!"

Sie murmelte: „Nichts — der Sturm kommt —
Du kannst mir nicht helfen!" Etwas lauter fragte sie
drein: „Bist Du im Lübecker Garten heut Nacht?"

„Wo sollt' ich sonst sein?"

„So leb wohl, Osmund —"

„Warum fragst Du?" versetzte er unwillkürlich, doch
wie er aufblickte, war der Schimmer in der schwarzen
Fensterhöhlung verschwunden. Der umdunkelte Geistes-
zustand Toves that ihm weh, aber das Bangen und
Schmerzgefühl seines eigenen Herzens überdrängten die
Regung des Mitleids in ihm. Vergeblich die Gedanken
seines Kopfes umwälzend, wie den ganzen Nachmittag
hindurch, setzte er den Weg zum Kaufhof fort. Auf der
Brücke über die Elligaa faßte der Wind ihn, daß er
sich nur mit Anstrengung zu halten vermochte; es konnte
noch kaum über die neunte Abendstunde hinaus sein, doch
in der Schustergasse war es ungewöhnlich leer und ge-
räuschlos. Unangefochten ruhig gingen hier und dort die
englischen und niederländischen Kaufleute ihren Behausungen zu, nur an einer Stelle vertrat eine kleine
lärmende Rotte trunkener Schuster Einigen mit dem
üblichen Hohn und Schimpf den Weg. Aber gleich
darauf tönten die Stimmen mehrerer hansischer Oldermänner drein, die der Zufall noch auf die Gasse hinaus-
geführt haben mußte. Gebieterisch, mit scharfem Tadel
und unter Drohung schwerer Strafe verwiesen sie den

Ruheſtörern ihren Angriff auf die friedfertigen Außen=
hanſen, zog ſogar einer ſein Schwert und trieb mit
flachen Klingenhieben den methberauſchten, unbotmäßigen
Haufen auseinander. Dieſe ſtrenge Aufrechterhaltung der
Ordnung, Straßenſicherheit und Gerechtſame der nicht=
deutſchen Handeltreibenden durch die hochfahrenden hanſi=
ſchen Oldermänner ſelbſt hätte unter gewöhnlichen Um=
ſtänden für Osmund Werneking etwas Auffälliges und
Befremdendes beſeſſen, jetzt ſchritt er gedankenlos dran
vorüber. Ein feiner Staubregen begann herabzuſprühen,
wie er den Kaufhof erreichte; auch in dieſem ging es
außergewöhnlich ſtill zu, er vernahm vom Schütting her
die Stimme Herrn Tiedemann Steens, der frühes Aus=
löſchen des Feuers und der Lampen in der Sturmnacht
gebot. Ohne Aufenthalt begab er ſich vorbei auf ſeine
Stube, taſtete ſich im Dunkel an ſein Lager und warf
ſich hin. Das Gehirn ſchmerzte ihn von fruchtlos
peinigender Anſtrengung, er wollte nicht mehr denken,
nur ſchlafen, einige Stunden vergeſſende Ruhe. Aber
dieſe kam ihm nicht, Körper und Seele befanden ſich in
gleicher fieberhafter Erregung. Das Gebälk um ihn
rüttelte, kniſterte und krachte unter der Wucht heulender
Sturmſtöße, jeder Ton, jede Erſchütterung pflanzten ſich
in ſeinem Kopf fort und riefen dort Bilder, Empfindungen,
Gedankenketten wach. Seine Hand zog das Bärenfell
dichter über ſich, die Berührung deſſelben mit ſeinem

Gesicht weckte ihm das Gedächtniß an Tove, wie sie .
drin eingehüllt drüben auf der Bank gesessen. Er gewahrte sie vor sich, nun hier, nun dort, in der Mondnacht, regungslos am Berghang hingestürzt, hörte sie
mit klagender Stimme reden und sah sie zusammen-
schaudern. Als ein Einschlag der Fäden seines Hirns
kreuzte ihm plötzlich die Frage dazwischen: Weshalb
hatte sie ihre Wohnung verlassen und war im Hause
des Bischofs? Ab und zu mußte ein flüchtiger Halb-
traum über ihn gerathen, denn jetzt ward er sich bewußt,
daß ein sinnloses Bild vor seinen Augen gegaukelt. Tove
hatte in ihrer Stube gestanden, das kostbare Elfenbein-
crucifix von der Wand gerissen, auf den Estrich nieder-
geschmettert und in irrer Anwandlung mit todtbleichem
Gesicht gewaltsam den Fuß darauf gestoßen, daß die
Trümmer umherflogen. Nun war er wieder voll wach,
doch noch immer unter dem Zwang des Traumgebildes,
das seine Vorstellung an ihr festhielt, ihn willenlos trieb,
ihr zu folgen, sie zu suchen. Wo befand sie sich in
diesem Augenblick und was that sie? Einen Moment
antwortete vernünftige Besinnung in ihm: „Sie schläft
— was sonst? Hoffentlich hat ihr armer Kopf besser
Ruhe als meiner." Aber schon drängte die Einbildung
wieder phantastische Fieberverworrenheit drüber. Seine
geschlossenen Augen hatten sie in einem fremden Raum
gefunden, Jemand stand neben ihr, dem sie mit todes-

. angstvollem Blick schaudernd ins Gesicht sah. Er streckte
die Hand nach ihr und sprach: „Es ist Dein Loos, Du
mußt die Schuld Deiner Urmutter sühnen; heut kannst
Du's, morgen ist es zu spät." Nun hob sie langsam
die geisterhaft blutlosen Lippen zu ihm empor — da
flackerte ein Kienspan von einem Sturmstoß heller auf,
und es war nicht Tove, sondern Wilma Oldigson, die
in jungfräulichen Gewändern und mit blühenden Wangen
vor dem Bischof Torlef kniete. Segnend legte er ihr
die Hand auf das bekränzte Goldhaar, und Osmund
selbst kniete mit an ihrer Seite — aber im Nu zerstob
Alles, der Sturm hatte das Haus zusammengebrochen,
Himmel und Erde waren verschwunden, ringsum nur
ein weißschäumendes, zischendes, wuthbrüllendes Meer.
Fast im Gischt und Geifer verschwindend, schoß ein
Schiff mit braunrothem Segelwerk über die schnaubenden
Wogenkämme, darauf stand Bartholomes Voet mit Oluf
Nielsen Arm in Arm, der narrenhofte Dänenkönig streckte
gebieterisch die Hand und rief den Wellen zu: „Ich bin
euer Herr, küsset meine Schuhe!" und vorn am Bug
schrie Wismar Werneking: „Wo bist Du, Detmar?
Komm mit, wenn unseres Aeltervaters Blut in Dir ist!"
Doch nun kam berghoch eine Woge, schlug bis zum Mast-
korb hinan, Geschrei brach auf: „Wir sind in den Schären!"
Aus den Raaen riß die gierige Wassermasse den blonden
Scheitel Wilma Oldigsons mit in die schlingende Tiefe —

Mit einem Schrei flog Osmund Werneking aus seinem Angsttraum vom Lager in die Höh'. Ein erstes falbes Morgengrau hellte mattdämmernd seine Stube, im Hause um ihn war Alles lautlos, der Sturm schien etwas in seiner Kraft gebrochen. Mechanisch öffnete der Aufgesprungene die Vorsatzluke seines Fensters, um aus erschöpfter Brust tief in die Luft hinauszuathmen, da gaukelte ihm noch immer das letzte Traumbild vor dem Blick. Schräg niedergebogen lief draußen das Schiff mit den braunrothen Segeln im trüben Licht gegen die Hafenbrüstung der Stadt, einige Secunden hielten seine Wimpern sich starr darauf gerichtet, dann zerriß ein jäher Herzschlag ihm den nebelnden Schleier vor den Augen. Er träumte nicht mehr, es war Wirklichkeit, daß die Snigge der Vitalienbrüder dort schon dicht unter der Felswand heranflog, ein rotes Etwas stach noch uner- kennbar auf dem dunkeln Vorderdeck ab. In besinnungs- losem Uebermaß einer ersten Glücksempfindung stürzte Osmund zur Thür, am Flurabsatz der Treppe stand Herr Tiedemann Steen und blickte gleichfalls auf den Hafen hinaus. Nun wandte er überrascht den Kopf, der junge Patrizier eilte achtlos vorüber, doch der Older- mann schwang sich ihm jetzt mit einem plötzlichen Sprunge nach, erfaßte seinen Arm und stieß aus: „Was wollt Ihr?" Das erst brachte demselben eine Verknüpfung von Gedanken zurück, er erwiderte hastig: „Weßhalb kommen sie hieher? Wie dürfen sie es wagen? Ihr habt sie auch gesehen —"

Er wollte fort, aber Tiedemann Steen hielt ihn und versetzte ruhig:

„Wen meint Ihr, Herr Werneking? Ihr seid zu früh aufgestanden und noch im Schlaf, legt Euch wieder zur Ruh. Ich sehe nichts, was uns angeht; es ist möglich, daß der Morgen einige Gäste für die engelländischen und niederländischen Kaufleute bringt und daß es bei ihren Höfen etwas laut zugehen wird. Das ist keine Sache, uns drein zu mischen."

Ein Blitz erhellte Osmund Werneking plötzlich die geheime Verbindung der Oldermänner des Kaufhofs mit den Piraten. Sie hatten denselben verstattet, vielleicht sogar sie mit Lohn gedungen, um die Handels-Alleinherrschaft in Bergen an sich zu reißen, die Außenhansen räuberisch zu überfallen, ihre Schiffe und Häuser zu zerstören, sie selbst bei der Vertheidigung ihrer Habe niederzumachen, und Osmund warf es Tiedemann Steen in's Gesicht:

„Ihr habt sie ruchlos den Seeräubern preisgegeben, habt den Schein gewahrt, als hütetet ihr Sicherheit und Recht, und waschet eure Hände in Unschuld —"

Doch der Oldermann fiel ihm kalt in's Wort: „Hebet Eure Stimme nicht so laut und kümmert Euch nicht um Dinge, die Ihr nicht zu fassen vermögt! Wir thun keinem Gewalt, aber sollen wir der Außenhansen Behüter sein? Sie mögen sich selber schützen."

Einen Herzschlag lang durchschnitt die Brust Osmund Wernekings aus einer andern, ihm erst jetzt auflobernden Erkenntniß ein qualvoller Kampf. Wenn er die Schlafenden weckte, als Gegner den Raubzug der Likedeeler zu hindern suchte, war jede Hoffnung, Wilma wieder zu finden, für ihn verloren. Sonst vermochte er in dem vorauszusehenden Getümmel muthmaßlich ihr zu nahen, ein Zeichen zu geben, daß sie unvermerkt zu ihm, mit ihm entfloh — irgendwohin in Berge und Klippen —

Doch nur mit einem Zucken des Herzens schwankte er, dann hatte seine Pflicht gesiegt. Er stieß den Oldermann kraftvoll zurück, riß sein Schwert von der Hüfte und stürzte mit dem lauten Ruf: „Hansen! Hansen!" durch den Kaufhof auf die Gasse hinaus. Tiedemann Steen eilte ihm nach, in wenig Augenblicken fuhren hier und dort einzelne deutsche Kaufgesellen und Gewerksleute aus den Thüren. Ein Fragen und Rufen scholl herum, auch andere Oldermänner kamen, zornig in das Gelärm fahrend und Stille gebietend, herzu. Aber die Stimme Osmunds überhallte sie: „Mit mir! Ein Seeräuberschiff landet drüben!" Seine Hand riß das Rathsschreiben Lübecks hervor und hob es entfaltet in die Luft. „Bei eurer hansischen Pflicht! Lest! Jeder hat meinem Gebot zu folgen!"

Herr Tiedemann Steen nahm das Schreiben, über=
flog den Inhalt und reichte es gelassen zurück. Achsel=
zuckend sprach er dazu:

„Ihr seid jung, Herr Werneking, und leset, was
auf dem Papier steht. Wäret Ihr älter, würden Eure
Augen weiter durch das Blatt hindurchschauen. Doch
sorget nicht, daß jemand die Ehrfurcht vor der Schrift
in Eurer Hand verletzt und Euch hindert, Euer Gebot zu
künden. Ihr habt zu befehlen — thut's!“

Gleichmüthig wandte er sich zur Seite, doch mit
schnellem Blick erkannte der junge Vollmachtsinhaber des
Lübecker Rathes, daß er nirgendwo unter dem anwachsen=
den Haufen auf Gehorsam zu rechnen vermöge. Von
den Oldermännern hurtig belehrt, zuckten auch die Um=
stehenden lachend und spöttisch die Achseln, eine Stimme
rief: Legt euch wieder auf die Bank! Ein Narr, wer
uns darum von der Bärenhaut aufgeschrieen!“

„So laß ich allein nicht feigen Schimpf und Nieder=
tracht auf der deutschen Hanse!“ stieß Osmund Werne=
king aus, und er hob jetzt rasch den Fuß, ohne weitere
Beihülfe den noch ahnungslos schlafenden Außenhansen
Kunde von ihrer Bedrohung und den Beistand seines
Armes zu bringen. Aber unwillkürlich stutzte er beim
ersten Schritt, ein wirres Getöse kam zum ersten Mal
drüben her durch die graue Luft, doch nicht von den
Höfen der Engländer und Niederländer, sondern aus der

Richtung der Schustergasse. Und zugleich flog wind-
flatternd etwas gegen Osmund heran, eine weibliche Gestalt mit schwarzem Haar und irren Augen im blutlosen
Gesicht, daß es ihn wundersam durchfuhr, so müsse Witta
Holmfeld einst auf der Sanddüne von Falsterbo auf
Waldemar Atterdag zugeeilt und vor ihm niedergestürzt
sein. Dann erkannte er Tove, sie lief mit dem Aufge-
bot letzter Kraft und rang aus keuchender Brust:

„Rettet euch! Ihr seid verrathen von Oluf Nielsen
und Bischof Torlef! Die Normänner kommen, König
Christophs Waffenknechte im Bunde mit Seeräubern,
euch wehrlos zu überfallen und alle Hansen niederzumachen. Ich wußte es schon — heut' Nacht — ich
konnte nicht eher —"

Taumelnd brach sie vor Osmund Wernekings Füßen
zu Boden, lauteres Geschrei scholl von der Schustergasse
und zugleich an der Brücke Waffengeklirr der anlanden-
den Piraten, die nicht den Häusern der Außenhansen,
sondern den deutschen Gärten zustürmten. Das war
Herrn Tiedemann Steens „Thorheit" gewesen, die Wilma
Olbigson undeutlich geahnt.

Ein Augenblick thatlos verwirrenden Schrecks trat
ein, ehe die Oldermänner gefaßt, daß sie selbst über-
listet worden und in die verrätherische Grube gefallen,
welche sie ihren Mitbewerbern am nordischen Handel zu
bereiten gedacht. Dann stürzte Alles mit gellem Auf-

schrei durcheinander: „Waffen! Hansen! Verrat! In die
Gärten! Verrammelt die Thüren!"

An einen geordneten Zusammenschluß der deutschen
Wehrkräfte war nicht mehr zu denken. Wachsendes Ge=
tobe in der Schustergasse lehrte, daß die heimlich bei
Nacht herangekommenen Königssöldner dort unvermerkt
die Gewerksleute überrascht und dieselben zur Einzelver=
theidigung ihrer Häuser gezwungen. Vom Ufer her
drängten die Vitalienbrüder — Osmund Werneking hatte
einen suchenden Blick umhergeworfen und rief jetzt:
„Nicht in die Gärten! Nach Bergenhuus, daß wir einen
festen Halt haben, um die Zersprengten aufzunehmen!"

Sein Auge glitt über Tove, die ohnmächtig regungs=
los am Boden lag, er raffte sie in der nächsten Sekunde
wie ein Kind auf und lief mit ihr gegen die hohen
Mauern der alten Burg. Ungefähr ein Dutzend der
umher befindlichen Hansen fielen in seinen Ruf ein:
„Nach Bergenhuus!" und folgten ihm. Von da und
dort eilten einzelne Flüchtende hinzu; als sie das nah=
belegene Schloß erreichten, war ihre Zahl auf das
Doppelte gewachsen. Osmund trug das Mädchen hinter
den Schutz der Mauern und flog ans Thor zurück.
„Wir müssen Wacht halten, was von den Unsrigen in
die Nähe kommt, zu sammeln!" Sein Gedanke war dar=
auf gerichtet, eine größere Schaar zu vereinigen, um mit
ihrer geschlossenen Kraft wieder hervorbrechen und den

Bedrängten in den Gärten zu Hülfe kommen zu können. So warteten sie, um noch andere, planlos Herumirrende an sich zu rufen, mehrere Minuten lang mit günstigem Erfolg. Aber dann mußten sie auf ihre eigene Sicherheit bedacht sein; von Norden her wälzte sich jetzt ein Theil der Dänen und Normänner mit Oluf Nielsen als Anführer, auf der andern Seite tönte das rauhkehlige Gebrüll der Likedeeler näher. Zwischen ihnen ragte mit sturmflatterndem Purpurmantel über der Eisenrüstung König Erich, der Pommer. Er schwang sein breites Schwert hoch auf und schrie: „Ich ergreife Besitz von meinem Reich! Mir gehört Alles, was todt und lebendig ist! Einen Goldgulden für jeden Hansenkopf, den ihr mir vor die Füße legt! Ich bin nicht gnädig heut'!"

Weithin war der lange weiße Bart Bartholomes Voets erkennbar, der mit einer Schaar von Seeräubern sich auf den Bremer Garten stürzte. „Fackeln hinein!" rief er. „Räuchert den Stockfischen das Fleisch an den Gräten! Ich bin zum dritten Mal in Bergen zum Besuch und weiß, der Rauch beizt ihnen die Dorschaugen am Besten!"

Dichter gegeneinander tobte das Geschrei der Verbündeten: „Rache für die bunte Kuh, für Göttke Michaels und Klaus Stortebeker! — Auf den Rost mit den Garpen! Bratet sie in ihrem eigenen Fett und schmeißt sie den Wölfen zum Fraß, wenn sie Garpenfleisch anrühren!"

Wild-unauslöschlicher Haß der Normänner gegen die Hansen gellte von jeder Zunge, schadenfroher Hohn aus den Kehlen der Vitalier. Ein Haufe der letztern stürmte nun gegen Bergenhuus, und Osmund Werneking gebot: „Schließt das Thor, zurück auf die Mauern!"' Das Eichengebälk der schweren Thorflügel krachte donnernd zu, und die Vertheidiger flogen zur Brüstung der auf einer Seite vom Wasser geschützten Burg empor. Trotzig-hoch und unbezwinglich stieg das alte Gemäuer mit dem Thurm Olaf Kyrres in die Luft, die Hansen rafften Gestein und Balkenwerk, um es auf die Piraten nieder-zuschleudern. Diesen voraus lief eine mächtige, grau-haarig umwirbelte Gestalt und riß eine andere, kleinere an der Hand nach sich. Dann schrie es plötzlich hinauf:

„Osmund Werneking, bist Du droben? Was stehst Du, Narrensohn deines Vaters, und siehst nicht!"

Der Gerufene fuhr jählings herum, und unter sich in der Tiefe gewahrte er seinen Oheim Wisimar und neben ihm das unbedeckte, blonde Haupt Wilma Oldig-sons. Athemberaubt starrte er wortlos hinunter; der Seeräuber herrschte ihn an:

„Gaffe nicht mit blöden Augen! Das Thor auf, eh' der Diamantendieb uns nachkommt! Ich bringe Dir Deinen Schatz!"

Besinnungslos machte Osmund einen Schritt, der Aufforderung Folge zu leisten, doch die Hansen drängten sich mit Geschrei gegen ihn: „Haltet ihn! Er ist toll! Er will das Thor öffnen!"

„Die Normänner haben recht, lüb'sche Garpen seid ihr!" stieß Wisimar Werneking ingrimmig aus. „So werft einen Strick, wenn euch die Knochen um eure feigen Kehlen klappern! Aber hurtig!"

„Einen Strick!" wiederholte Osmund Werneking fast gedankenlos, und es war günstig, daß eine Anzahl aufgerollter Ankerschiffstaue zwischen anderm Seefahrts- geräth unter einem Holzdach dalagen. Das Hinabwerfen eines solchen konnte jedenfalls keine Gefahr bieten, und obzwar die übrigen Vertheidiger der Burg von dem Vorgang nichts begriffen, schleuderten sie auf das Ge- heiß ihres Führers eines der dicken Taue hinunter. „Nun haltet sicher!" rief's von drunten, doch zugleich stieß Osmund, jetzt erst zur Besinnung erwachend, mit töbtlichem Schreck aus:

„Was wollt ihr? Unmöglich! Laßt ab!"

Aber der Likedeeler lachte zu seiner Angst: „Pah, die klettert mit den Katzen!" — im selben Augenblick faßte Wilma Olbigson den Strick und schwang sich furchtlos-behend an der haushohen Felsenmauer empor, während er, die Hand schwenkend, nachrief:

„Fahr wohl, Osmund Werneking! Wir sahen uns einmal, dran haben wir beide Genüge, denk' ich. Ich that's nicht um Dich, sondern dem Narrenkönig seinen

Spaß zu vergelten. Kommt ihr lebendig in die Tinten=
stube von Wismar zurück, da heißet euren Ersten Wisi=
mar und lehrt ihn, die Knochen seines Aelterohms ehren,
ob von Vögeln abgenagt am Rad, oder von Fischen am
Meergrund! Flieg, Seeschwalbe, und küsse ihm besseres
Blut ein! Könnt' ich seinen Backenflaum tauschen, so
hätt'st Du mich geküßt, nicht ihn! — Kommt! Hier
ducken Hasen hinterm Stein! Wir wollen zu den Garpen=
gärten und ihnen kochen helfen!"

Noch einmal spöttisch auflachend, schwenkte der See=
räuber mit seinem ihm willenlos botmäßigen Schwarm
gegen die hansischen Kaufhöfe ab. Osmund Werneking
hatte von seinem letzten Zuruf nichts vernommen, nur
die krampfhaft angeschwollenen Hände mit um das Tau
geklammert, das Wilma Oldigson schwebend über der
Tiefe trug. Er athmete nicht, sah nichts, fühlte nur an
dem Rütteln des Strickes, daß sie näher kam. Da
griffen ihre weißen Hände den Mauerrand, ihre Füße
suchten auf winzigem Vorsprung des Felsens einen Stütz=
punkt, sie ließ das Tau fahren und schwang sich wie
auf Mövenflügeln über die Brüstung. Noch kaum seinen
Sinnen vertrauend, hielt er sie in den Armen, keine
Miene an ihr verrieth, daß sie der Todesgefahr gedacht,
der sie Trotz geboten, doch sie lachte und schluchzte vor
anderer, herzklopfend überwältigender Erregung.

„Glaub's ihm nicht — es ist Menschliches in ihm

— ob er's ableugnet, er hat's um Dich gethan und um mich. Ich sprach's ihm in meiner Verzweiflung, als unser Schiff plötzlich die Anker aufrollte — ich konnt's nicht anders — und sein Falkenauge sah Dich schon von Weitem hier am Thor —"

Weltvergessen tauschten sie hastige, zusammenhangs= lose Worte, die Hansen umher gafften müßig=neugierig drein. Erst als Wilma den Oberrand der Mauer er= reicht, hatten sie erkannt, daß der Flüchtling, der in un= verständlicher Weise von einem der Piraten zu ihnen hinaufgerettet worden, ein Mädchen in Schiffertracht sei. Nun bewunderten sie den Muth, die Gewandtheit und Schönheit desselben, selbst von den Felswänden der Burg vor dem Angriff gesichert, vermochte ihre geringe Zahl draußen keine Hülfe zu bringen, und unthätig zu= schauend standen sie. Ueberallhin hallte Kampf= und Stimmengetöse. Drüben begegnete Wisimar Werneking jetzt dem König Erich und rief lachend im Vorbeistürzen: „Ich habe das beste von Euren Reichskleinoden in einer Brautkammer verwahrt, Herr Viking, doch getröstet Euch, es ist keiner von Euren kostbaren Steinen, sondern nur einer, den Ihr mit dem Fuß zu stoßen Spaß pflegt! Kommet mit, daß wir uns höflich betragen und Herrn Tiedemann Steen seinen Besuch erwidern!" Er trieb seine Genossen zur Eile, die versäumte Zeit nachzuholen, wider den Lübecker Garten; Alles hatte sich mit traum=

artig unglaublicher Schnelligkeit zugetragen, seitdem Osmund Werneking vom Schlaf aufgefahren, konnte noch
kaum mehr als eine Viertelstunde verronnen sein. Nun
stand er, Wilmas Hand haltend, und mußte machtlos
dem ringsum weiter schreitenden Verderben zuschauen.
Gesammelt wäre die Kraft der Hansen ihren zwiefachen
Gegnern weit überlegen gewesen, doch in lauter zusammen-
schlußlose kleinste Theile aufgelöst, blieb ihnen keine Aussicht auf den Sieg. Nur die nach Bergenhuus Ge-
flüchteten waren noch grade durch Toves Warnruf
gerettet worden; sie sah und hörte nichts mehr von Allem,
ohnmächtig lag sie in der Halle der Burg auf einer
Ruhbank, wohin Osmund sie haftig niedergelegt. Vorderhand befand er sich mit Wilma Oldigson in sicherm
Schutz, doch der vorausschweifende Gedanke sagte ihm,
nur für geringe Frist. Bald mußten die Häuser der
Schustergasse, spätestens in einer Stunde auch die festeren
Gärten erstürmt sein — schon loderte drüben ein Flammen-
schein auf — und ehe der Tag voll angebrochen, lag
unfraglich hoffnungslos der hansische Kaufhof Bergens
unter Asche und Blut seiner Bewohner verschüttet.

Da plötzlich kommt etwas, noch von keinem Blick
gesehen, drüben an den gischtumsprühten Felswänden des
Waagfjordes durch die nebeltrübe Luft. Breit, schwarz-
rumpfig, wie ein Walfisch, mit dem Wind und Welle
peitschend spielt. Doch hoch über ihm flattert es farbig

im Sturm — nun ein zweiter — nun vier. Lübecker
Orlogskoggen sind's, kein Zollbreit ihres mächtigen Segel-
werks bauscht nicht im Wind. Sie rennen gegen die
Brücke heran wie ein blind vorwärts stürzendes Schwarz-
wildrudel, achtlos vor Klippen und Landungsgefahr.
Auf ihren Kastellen starrt, klirrt, funkelt es von Waffen,
mit schütterndem Stoß packen sie das Ufer, rasselt es
von den Schiffsdecken. Der sprühende Brand des Bremer
Gartens hat ihre Hast noch verdoppelt; im Hansesaal
an der Trave aber hat der Rath einmal wieder „gewußt,
was die andern nicht wissen".

Dann sind sie da, in einem Nu zu wuchtigen,
schwergepanzerten Gliedern geballt, und das Ohr meldet
sie fast eher als das Auge. „Dubische Hanse!" und
Speer, Schwert und Streitaxt wüthen schon unter den
Vordersten der Bedränger der deutschen Kaufhöfe, ehe
die Hinteren noch von einer Ahnung der jähen Umwendung erfaßt worden. Und kurz nur ist der Kampf, wie
sie diese erkennen; zwiefache, niederstampfende Uebermacht
steht gegen sie. Aus den unerwartet befreiten Gärten
brechen die Hansen gewaffnet mit hervor, mit seiner
angesammelten Schaar stürzt Osmund Werneking in den
Rücken der Normannen und Dänen. Doch Oluf Nielsen
kämpft mit störrischem Bärentrotz gegen die zu Tod
Gehaßten, bis ein Lanzenstoß seine Brust trifft und die
Spitze ihm im Rücken wieder hervortreibt. Da wenden

fich die Seinigen zu wirrer Flucht; auch die Hälfte der
Seeräuber deckt den Boden. Von einem heißen Dank-
gefühl getrieben, sucht Osmund Werneking in dem Getümmel nach seinem Oheim, ihm in der Noth vielleicht
seine Hülfe vergelten zu können, doch umsonst. Dann
athmet er befreit auf; seitwärts am Ufer sieht er braun-
rothe Segel im Winde flattern, der Rest der Piraten
hat, der zerdrückenden Uebergewalt weichend, sich an ihr
Schiff durchgeschlagen. Vom Deck gewahrt er den Purpurmantel König Erichs flattern, zwei lange, weißwallende
Bärte neben ihm. Verweht grüßt noch einmal ein wildes
Gelächter vom Bord herüber, als ob es sich nur um
einen lustigen Morgenspaß gehandelt; nun schießt die
Snigge wie ein Sturmvogel wieder in die See hinaus.

Der hansische Kaufhof, die Schustergasse sind vom
Untergang gerettet, verfolgend wälzt sich das Gewühl
den Flüchtenden auf den Ueberstrand nach. „Haut Alles
nieder, Normannen, Engländer, Niederländer!“ brüllen
die wuthschäumenden Schuster. „Laßt den rothen Hahn
über ihre Dächer fliegen!“

Eine Fackel sprüht in eines der Holzhäuser, es lodert
auf, blitzschnell peitscht der Sturm ein Flammenmeer über
die ganze normännische Stadt. Ihre Bewohner stürzen
von Speer und Schwert durchbohrt, Männer, Weiber
und Kinder. Das Thor des Munkholmklosters ist verschlossen, beutegierig zertrümmern die Anstürmenden das

Gebält. Vor'm Altar des Kirchenraumes stehen zu-
sammengedrängt die Insassen, der Stiftshauptmann, die
Domherren und Mönche, die sich an die heilige Frei-
stätte geflüchtet. Mit gehobenem Kreuz in den Händen
tritt im Ornat Bischof Toklef den Hereinstürzenden entgegen. Salbungsvollen Wortes will seine unterwürfige
Miene sie ansprechen, doch bevor sein Mund einen Laut
hervorzubringen vermag, donnert es: „Segen der budischen
Hanse!", und eine Streitart zerspaltet ihm den Kopf.
Einige der andern sinken röchelnd über ihn von Hieb
und Stich. „Die Pfaffen haben den Verrath geplant,"
schreit es, „röstet den Rest lebendig!" Flammern lobern
auch aus dem Munkholmkloster auf, und über die an
den Domstühlen Festgeschnürten kracht das brennende
Balkenwerk zusammen.

Es war eine wilde, erbarmungslose, bluttriefende,
nordische Welt.

Entsetzt hatte Osmund Werneking sich von den
Gräueln der Vergeltung abgewandt, die außer ihm Nie-
mand empfand. Auf seine Fragen, wie die Koggen hie-
her gekommen, war ihm von einem Führer derselben die
Antwort zu Theil geworden, der Rath habe durch einen
Hansen von Kopenhagen in Erfahrung gebracht, daß
König Christoph die Absicht trage, seinen mißlungenen
Ueberfall der Stadt Lübeck durch Eroberung und Zer-
störung des deutschen Kaufhofes von Bergen wett zu

machen. Da seien in Haft Orlogsschiffe bemannt, auch
zur Warnung für die Bedrohten sofort eine schnell-
laufende Snigge voraufgeschickt worden, die von dem
Sturm verschlagen oder untergegangen sein müsse. Die
Koggen selbst aber hätten es nur dem wüthenden, sie
gleich Federn mit sich wirbelnden Orkan gedankt, daß
sie noch zu rechter Stunde im Augenblick der höchsten
Gefahr eingetroffen, denn am gestrigen Abend seien sie
noch im Skager Rak gewesen und hätten in der Nacht
mehr als dreißig Meilen durch's Wasser gepflügt. So
schnell sei kein Segel seit Menschentagen von der Trave
nach Bergen gelaufen.

Nun war es neunte Vormittagsstunde erst und Alles
vorüber wie ein toller Morgentraum. Im Blut lag
König Christophs Söldnerschaft, von der kaum einer entronnen, in Asche der größte Theil der normännischen
Stadt, deren Holzbauten ihre Glut rasch ausgelobert
hatten. Mächtiger aufgereckt, gebieterischer denn je stand
die deutsche Hanse alleinherrschend auf dem behaupteten
„schwarzen Felsblock". Die Normannen, denen es ge-
glückt, sich auf die Berge zu flüchten, sahen stumpfsinnig
drein; wenige waren unter ihnen, die zum ersten Mal
den Untergang ihrer Häuser und Habe gewahrten. Sie
warteten, bis die ingrimmige Wuth der „Herren" sich
gelegt habe, dieselben wieder des kaufmännischen Geschäfts
gedenken und sie selber zurückkommen lassen, um zur

Friſtung des armſeligen Daſeins den Fiſchhandel mit ihnen zu erneuern.

Wilma Oldigſon befand ſich neben Osmund. Sie war ihm nachgeeilt, als er die Burg haſtig verlaſſen, um ſich an dem verwandelten Kampf tapfer zu betheiligen, und ob auch ſelbſt waffenlos, war ſie nirgendwo von ſeiner Seite gewichen. Auffälliger denn zuvor erſchien die Aehnlichkeit ihres ſchönen Antlitzes mit dem, das einſt die Gräfin Eliſabeth von Holſtein beſeſſen, doch anders als dieſe von Wind und Welle großgezogen, barg ihre Bruſt nicht nur das weiche Gemüt derſelben, ſon= dern auch eine feſte Rüſtung des Mutes darumher, der keine andere Furcht kannte, als die Gefahrbedrohung ihres Herzens. So hatte ſie Osmund im wilden Ge= tümmel nicht um Schrittweite verlaſſen, und nun leuch= teten ihre Augen, daß ſie ihn von ritterlicher Furcht= loſigkeit im Waffengemenge erkannt. Die Liebe des Weibes hatte gezittert und gebangt, aber das alte dä= niſche Königsblut ihres Herzens war ſtolz auf ihn.

Jetzt ſprach er: „Laß uns das Schreckliche nicht mehr mit anſehen!" Und zum erſten Mal ſich klar be= ſinnend, fügte er drein: „Wo iſt Tove, unſere Erretterin, Deine Schweſter?"

Sie ſtaunte ihn faſt ſprachlos an. „Meine Schweſter?"

Er hatte vergeſſen, daß ſie noch nicht Ahnung da= von beſaß, daß er ſie nicht mehr geſehen, ſeitdem ihm diese Kenntniß geworden, und er erläuterte ihr schnell und zart das Wenige, was er selbst erfahren, doch Auge und Ohr ihm überzeugungsvoll bestätigt hatte. „Laß uns rasch gehen," schloß er, „sie wird noch allein auf Bergenhuus schlafend liegen, wie ich sie dorthin gebracht. Ich weiß nicht, was sie in den letzten Tagen wieder so krankhaft befallen und verwandelt hat."

In wenigen Minuten erreichten sie die stillverlassene Burg. Wilma eilte, seltsam erregt, fast noch mehr als er. Doch die Bank in der Halle war leer, Osmund rief den Namen des Mädchens, aber Alles blieb lautlos in dem öden Gebäude, nur von draußen her tönte das Aufklatschen der Wellen an den alten Thurm Olaf Kyrres. Die Umherblickenden wandten sich demselben zu, und nun gewahrten sie mit freudigem Anruf am Ende eines Ganges die Gesuchte. Sie stand regungs= los, wie auf etwas horchend, und sah den Kommenden entgegen, dann wich sie, scheu abwehrend, langsam zurück. Ihr Antlitz verrieth die Geistesirre, die manchmal in Osmund Werneking Gegenwart über sie gerathen; er hemmte den Schritt und sprach liebreich: „Wir sind's, es ist Deine Schwester, Tove, die Dich sucht."

Zugleich trat Wilma mit vorgestreckten Händen ge= gen sie hinan, doch nun stieß sie jäh zusammenschaudernd, aus: „Rühre mich nicht an — Deine Hand ist rein —"

Sie flüchtete weiter durch den Gang, der auf einen
Söller des Olafthurmes ausmündete. Osmund flüsterte:
„Sie kennt Dich nicht und fürchtet Dich; bleib zurück,
ich will zu ihr."

Er ging rasch auf sie zu, die ihn jetzt am Ende
ihrer Zuflucht, unbeweglich gegen die Brüstung des
Söllers gedrückt, erwartete. „Wir kommen, Dich zu
holen und mit uns nach Wismar zu nehmen," redete
er sie an, „daß Du in Wahrheit dort mein Schwesterchen
wirst." Aber sie starrte ihm nur sprachlos angstvoll
ins Gesicht, und er fuhr, um ein Verständniß in ihr
zu erhellen, eilig fort: „Du weißt noch nicht, daß Du
uns gerettet, daß wir alle Deiner Warnung unser Leben
danken."

„Gerettet" — wiederholten ihre blutlosen Lippen,
und ihre Brust hob sich zum ersten Male zu einem tie=
fen Athemzug — „dann habe ich die Schuld gesühnt!"

Hörbar verstörte der alte Wahn sie wieder, und
Osmund lenkte schnell ab: „Woher mußtest Du von
dem Ueberfall, daß Du uns warnen konntest? Gestern
Abend sah ich Dich noch, da besaßest Du keine Ahnung —"

Sie bewegte langsam verneinend die Stirn und
fiel geheimnißvoll flüsternd ein:

„Ich mußte nicht, was — aber ich fühlte, daß
der Sturm aus der Luft kam. Und ich hab's ihm ab=
gekauft — heut' Nacht — klug — er mußte mir's zu=

vor schwören auf das Kreuz an seiner Brust. Er that's, falsch wie Alles an ihm, denn er betrog mich um den Preis und schloß mich in seiner Kammer ein. Doch dann ging er, als der Tag kam, zu seinen Helfern, lachend wie immer, und ich schrie, und Vroute Tokkeson hörte mich, und ich versprach ihr alles Gold im Munk-holmkloster, wenn sie mir die Thür anfbreche —"

Verwirrten Sinns hatte Osmund Werneking zuge-hört, fast schreckbetäubt von einem halben Verständniß stieß er aus:

„Wem hast Du Deine Kunde abgekauft? Unglück-liche! Wofür? Dem Bischof Torlef? Er ist todt —"

Sie schrie auf. „Todt? Hab Dank, daß Du mir das noch gesagt! O das thut wohl nach der Qual! Todt wie sein falsches Kreuz! Todt für all sein Er-barmen an mir! Könnt' ich den küssen, der ihn ge-tödtet!"

Ein Schauer über den lautjubelnden Irrsinnsaus-bruch des Mädchens überlief Osmund, dem ein Blitz-strahl jetzt grelles, volles Licht auf die harrende Absicht geworfen, mit der Bischof Torlef sich ihrer Verlassen-heit erbarmt gehabt. Entsetzt streckte er die Hand, sie zu faffen: „Schweig — sei ruhig — komm fort von hier, Tove!"

Doch nun floh sie angstvoll vor ihm nach der an-dern Seite des breiten Söllers. „Nicht Deine Hand

— sie brennt wie Feuer! Ich bin ruhig, ganz ruhig, denn ich hielt die Treue, und die Schuld ist ausgelöscht. Aber Du sagst's, ich muß fort, sonst schließt sich der Thurm um mich zusammen. Siehst Du, seine Steine wachsen schon — er will nicht, daß Witta Holmfelds Blut sich weiter forterbt! Ich soll's in sein Bett legen und einwiegen —"

Osmund stieß einen lauten Schreckensruf aus, vor ihm hatte das Mädchen sich auf die niedrige Söller= brüstung geschwungen. Besinnungslos stürzte er zugleich mit Wilma Oldigson jetzt auf sie zu, doch ehe einer von ihnen sie zu erreichen vermochte, sprang Tove Sig= burgsdatter, noch einen Blick irrer, herzbrechender Liebe auf Osmund Werncking zurückwerfend, in die schwin= delnde Tiefe hinunter. Ihre Kleider bauschten sich im Fall um sie, als tauche ein dunkelköpfiger Vogel aus der Luft zum Wasser herab. Dann schlugen die Wellen drunten am Felsenfuß des alten Thurms kurz ausein= ander, einen Augenblick schimmerte noch ihr weißes Ge= sicht wie eine schaukelnde Seerose auf dem dunkeln Grunde, aber schnell zerfloß es, rinnendem Schaum gleich, und ein schwarzer Wogenkamm rollte auslöschend über die „letzte Saat", die der Wind von Venedigs sonnigen Ufern hierhergetragen.

* * *

Ein Herbsttag war's, der mit linder Schwer=
müthigkeit über den leise schon bräunlich angehauchten
Buchenwäldern der Wendlandküste lag, als Osmund
Werneking mit Wilma, am Bug der heimkehrenden
Kogge stehend, durch die wagrische Bucht gegen die
Mündung der Trave hinansegelte. Deutend hob er die
Hand und wies ihr die aus weiter Ferne jetzt schatten=
haft hochherragenden Thürme Lübecks; nun zog das
Schiff an dem Häuserhäuflein Travemündes vorüber.
Da stand die Schenke, aus der in der Mainacht die
jütischen Schiffer herausgekommen, ihr verderbliches
Weinfaß an Bord zu rollen — wie ein Traum lag
die wilde Welt Bergens hinter Osmund. Nur die
weiße Perle, die er sich aus Sturm und Brandung
dort heraufgeholt, war kein zerrinnendes Traumgebild;
fester umschlang seine Hand die ihrige, langsam glitt
die hochmastige Kogge den gewundenen Fluß stromauf.
So hatte einstmals Dietwald Wererkin zurückzukehren
gehofft, wie ein freundlicheres Geschick es heut' seinem
Urenkel beschieden. Wohl überschleierte auch die Stirnen
der beiden jungen Gesichter ein stiller, schwermüthiger
Ernst, der des Vergangenen noch gedachte und im Ein=
klang zu der hinschwindenden Lebensvergänglichkeit der
Natur um sie her stand. Doch in der Tiefe ihrer
Augen trauerte nicht der Herbst, sondern schimmerte
liebliche Frühlingszuversicht, und leuchtende Sonne des

Glückes in ihnen wußte, daß sie Kraft besitzen würde, die trüben Nebel zu zerstreuen, welche das raue Nord= land noch an den Wimpern hinterlassen. Denn die Todten hatten leiblose Ruhe, die nichts mehr störte, und im harten, drangvoll umbrohten Leben forderte das Herz sein Jugendrecht, aller Erinnerungswehmuth zum Trotz aus dem Himmelsdoppelquell der Liebe volle, ver= gessende Seligkeit zu trinken.

Ihnen voran aber lief durch die stille Luft wie Sturmgebrause eine schwerhallende Kunde, daß die An= kommenden auf den Straßen Lübecks fast von ähnlicher lauter Erregung empfangen wurden, wie bereinst Diet= wald Wernerkin, als die Botschaft des gewaltthätigen Ueberfalles der Stadt Wisby durch Waldemar Atterdag eingetroffen. Ohne Kinder war König Christoph von Dänemark auf seiner Burg zu Kopenhagen unvorherge= sehenen Todes gestorben, die drei Kronen der nordischen Reiche lagen wieder herrenlos auf schwankenden Wag= schalen. Im Rathssaal an der Trave saß der Hanse= tag und rieth, denn es schrieb zur selben Zeit der nach= malige Papst Pius II., Aeneas Sylvius Bartholomäus Piccolomini: „Es steht Lübecks Ansehen so hoch, daß auf seinen Wink drei mächtige Reiche des Nordens ihre Herrscher anzunehmen oder zu verstoßen gewohnt sind."

Osmund Werneking brachte Wilma nach der An= kunft in eine Herberge und begab sich alsbald zu Herrn

Marquart Pleskow. Der Burgemeister saß in seiner Schreibstube und sah mit sorgenvoll gefalteter Stirn tiefernst drein. Er erkannte den Eintretenden und empfing ihn mit wohlwollendem Gruß:

„Seid mir willkommen, Herr Werneking, habe vernommen, daß ich Euch noch zu rechter Zeit Hülfe gesandt. Ihr waret nicht so scharffsichtig in Bergen, als Ihr Euch zu Travemünde erwiesen. Doch es liegt heut' über vielen Augen, daß sie blind geworden und nicht sehen."

Er schüttelte den Kopf und saß düster schweigend. Osmund nahm jetzt die Rede und stattete kurz Bericht ab, in welchem Stand er den Kaufhof in Bergen angetroffen und wie Zucht, Redlichkeit und Recht dort in der That schlimmer daniederliege, als wohl Einer in den Städten der Ostsee dafürhalte. Doch nun fuhr Marquart Pleskow heftig auf:

„Was, Recht! Eisen, junger Mann! Glaubt Ihr, mit Bitten und Mitleid herrschen zu können? Unser Vortheil ist Recht, wer sich ihm widersetzt, unser Feind, ob Däne und Normann oder die vom Engelland und Niederland! Ihr waret thöricht, nicht Tiedemann Steens Planung; nur stand er an Klugheit unter Bartholomes Voet und wird's hart büßen. Aber es wächst eine andere Thorheit auf, gar größer als die von Tiedemann Steen, und droht nicht einem Kaufhof Unheil, sondern

uns Allen. Kommet, Ihr mögt mich geleiten, vielleicht
kann ich Euer Wort nutzen."

Der Burgemeister sprang, sein Schwert umgürtend,
vom Sitz, Osmund Werneking folgte ihm, ohne zu
wissen, wohin. Dann war er unerwartet in den Hanse=
saal gelangt, der sich bald darauf rasch mit den Voll=
machtsabgesandten der Städte anfüllte. Er stand noch
ohne Kenntniß, um was die Rathschlagung sich handle,
als Marquard Pleskow die Rednerbühne bestieg. Da
erfuhr er aus dem Munde desselben, daß der Reichstag
Schwedens seinen ehemaligen Reichsvorstand, Herrn
Karl Knudson, zum Könige erwählt habe, Dänemark da=
gegen mit der Absicht umgehe, den Schwestersohn des
Grafen Adolf des Achten von Holstein, den Grafen
Christian von Oldenburg, auf den dänischen Thron zu
berufen. Und in meisterhafter Redefügung mahnte der
Burgemeister Lübecks den Hansetag, die Wahl des Kö=
nigs Karl Knudson anzuerkennen und zu fördern, dage=
gen der Besteigung des Thrones von Dänemark durch
den Oldenburger Grafen die Bewilligung zu verweigern.
Lang redete er, weit und tief ein Bild der Völkerver=
hältnisse des Nordens aufrollend, ihrer Vergangenheit
und Gegenwart; fast athemlos scheinend, hob er seine
Stimme gewaltsam noch einmal zu mächtiger Stärke,
um warnend zu enden:

„Diese Gegenwart ist euer, und euer bleibt die

Zukunft, wenn ihr sie klug voraufbedenkt! Aber trotzet
nicht auf eure heutige Kraft, daß sie unvergänglich sei,
wenn die weise Vorsicht unserer Väter sich von ihr
trennt! Setzt ihr großes Werk fort, in eure Hand liegt
es heut' gegeben. Trauet nicht einem Deutschen auf
bem Throne Dänemarks, Erich der Pommer und Christoph
der Baier haben es euch erwiesen! Duldet nicht, daß
die Calmarische Union wiederum Leben gewinnt, sondern
ertödtet sie! Zertheilt die nordischen Reiche und be-
herrscht sie! Doch Eines vor allem, lasset nicht den
Oldenburger, den Schwestersohn des Grafen Adolf, auf
den dänischen Königssitz! Wer bürgt euch, wenn sein
kinderloser Oheim stirbt, daß er nicht auch das Erbe
desselben gewinnt! Daß die Kronen Schwebens, Norwegens, Dänemarks, Schleswigs, Holsteins und Olden-
burgs nicht in e i n e Hand gerathen, in die Hand, die
den ersten Nagel einschlüge in den Sarg des Reichthums,
der Herrschaft und des stolzen Namens der deutschen
Hansa! Videant consules, ne quid detrimenti capiat·
res publica!"

Athemlos trat Herr Marquard Pleskow jetzt von
der Rednerbühne, lauter Beifall ward seinen Worten
gezollt, doch es schien, mehr der rednerischen Kraft und
Vollendung derselben, als dem Inhalt ihrer Warnung.
Wenigstens streifte sein Blick trüben Ausdrucks über die
Köpfe und er murmelte, sich erschöpft auf den Arm

Osmund Wernekings stützend und den Saal mit ihm verlassend: „Ihre Zungen und Hände stimmen drein, aber ihre Ohren sind taub und ihre Augen blind."

Der Entscheid des Hansetags fiel noch nicht an diesem Tage, doch der Lübecker Burgemeister hatte scharfsichtig zu gut in den Mienen des größern Theiles der Städte-Abgesandten gelesen. Ohne Widerstand der deutschen Hansa zu finden, bestieg der Graf Christian von Oldenburg nach Ablauf nicht langer Zeit als König Christian I. den dänischen Thron, über wenig Jahre später fügte er, Karl Knudson mit Gewalt aus Schweden vertreibend, auch die Kronen der Calmarischen Union auf sein Haupt, und als sein Oheim, Graf Adolf der Achte von Holstein, der letzte vom Stamme Graf Geerdts des Großen, im Jahre 1460 starb, durchlief bald darauf die seltsame, schwerwiegende Kunde die Nordwelt Europas: es habe der Rath von Holstein um des Besten willen des Landes zu einem Herzoge von Schleswig und Grafen von Holstein erkoren den gnädigen Herren, den König Christian von Dänemark — daß der Chronist, als über etwas Schwerbegreifliches staunend, verzeichnete: „Also wurden die Holsten Dänen und verschmäheten ihre Erbherren und gaben sich mit gutem Willen, ohne Schwertesschlag, unter den König von Dänemark, da ihre Ahnen und Vorahnen manches Jahr gegen gewesen mit wehrender Hand, und manchen Krieg geführet, daß sie keine Dänen sein wollten, wobei ihnen die Städte behilflich waren mit großem Volk und großen Kosten." — Es lebten dergestalt Drei zu gleicher Zeit, welche die nordischen Kronen auf dem Haupte getragen, König Christian der Erste, Karl Knudson, nach der Stadt Danzig geflüchtet, und auf einer einsamen Hofstatt seines deutschen Geburtslandes unfern dem Ort Rügenwalde König Erich, der Pommer, der, Kronen= und Seeraubs= müde, erst in höchstem, kindischem Greisenalter inmitten der stillen Sandfeldmark als letzter Enkel der schönen Ingeborg von Dänemark das wilde Blut des Geschlechts Waldemars Atterdag beschloß.

Das war in den Tagen, die Herr Marquard Ples= kow nicht mehr sah; heut' aber hielt er noch, von Os= mund Werneking bis an seine Wohnung zurückgeleitet, vor der Thür derselben den Schritt und sprach ernstlich:

„Solltet nicht nach Wismar zurückgehen, Herr Werneking, sondern zu Lübeck verbleiben, wo Eure Vor= väter guten Namen gewonnen und der Eurige selber nach gewichtigem Verdienst in Ehren steht. Blicket Euch um unter den schönen Töchtern unserer Geschlechter, es wird kein Vater Euch weigern, welche Ihr begehrt, noch Lübeck Euch in kommenden Tagen einen Sitz im Rath. Drum stützet mein Alter mit einer jungen Kraft, daß wir gemeinsam bösem Handel der kommenden Tage, den ich fürchte, zu begegnen trachten."

Doch der so ehrenvoll Aufgeforderte erwiderte mit
schuldiger Achtung und Dankeskundgabe:

„Ihr habet zuvor selber geredet, hochmögender Herr,
daß ich thöricht gedacht und zu Bergen nicht die Scharf=
sichtigkeit wie in Travemünde erwiesen. Das war aber
nicht sonderliche Klugheit, sondern Zufallsgunst, die mir
ein solches Verdienst um Eure Stadt gewährt, und ich
habe wohl gelernt, daß Haupt und Herz an mir nicht
berufen sind, über Großem zu walten und mit kühlem
Bedacht die Herrschaft und den Ruhm der Hanse zu
festigen; vielmehr nur, als ihrer Bürger einer, gleich
allen andern meine Pflicht zu leisten. Fühle es auch,
daß es nicht Drang nach Macht und Ehren gewesen,
der mich aus meinem Vaterhause in die Fremde hinaus=
getrieben, sondern ein Erbtheil von meinem Urältervater
her, einen Kreuzzug zu wiederholen und bessern Gewinn
davon heimzutragen als er. Das möget Ihr nicht ver=
stehen, doch es besagt, daß ich nicht mehr nach einer
der schönsten und edelsten Töchter Eurer Stadt begehren
kann, da ich nur soweit noch ledigen Standes bin, als
der kurze und doch mich viel zu lang bedünkende Weg
von hier bis nach Wismar beträgt. Drum verübelt's
mir nicht, Herr Pleskow, wenn ich Euer ehrendes An=
gebot mit hohem Dank von mir lehne, und lasset mich
in meine Heimathstadt kehren, dasjenige zu vollbringen,
was meinen geringen Kräften gegeben, friedfertig meines

Vaters Handelswerk weiter zu führen und eigenes Glück
des Lebens zu finden.

Der Burgemeister schüttelte unmuthig den Kopf
und entgegnete:

„Ihr redet wider Euch selber, Herr Werneking.
Wenn alle so gedächten, denen Euer Vorzug und Rüstung
an Körper und Geist geworden, da bedürfte die Hanse
nicht der Feinde von außen zu ihrem Verderben, son=
dern würde alsbald im eigenen Leibe siech werden und
auf dem Sterbebette liegen. Wenn Ihr Begehr tragt,
das Heil derselben zu fördern, da handelt Ihr als ein
schlechter Arzt.“

Aber Osmund Werneking gab Antwort:

„Ich bin kein Arzt, Herr Pleskow, den die Natur
stark genug erschaffen, Eure Wissenschaft zu lernen und
zu üben. Ihr möget wahr gesprochen haben, daß ein
solcher mit dem Eisen einschneiden muß, wo etwas den
Körper der deutschen Hanse, wie er übermächtig in die=
sen Tagen angewachsen, bedroht. Doch mich bedünkt,
es ist in ihm selber ein schlimmes Uebel mitgewachsen,
das andere Kunst des Arztes heischt, als scharfe Schneide,
um einer bös endenden Krankheit zu wehren. Denn
es ist nicht Gesundheit in einer Stadt, wo nicht Gesetz,
Schutz und Ordnung wacht über den Bürgern, und so
ist nicht Bestand an gesunder Macht und Größe, wo
nicht Redlichkeit und Recht waltet zwischen Völkern.

Wo nur Gewalt herrschet, zeugt sie andere Gewalt, an
der sie bricht."

Herr Marquard Plestow sah ernsthaft drein, doch
er erwiderte nur mit den Worten Tiedemann Steens:
„Ihr seid noch jung, Herr Werneking. Vielleicht könnt'
ich Euch drum neiden — so lebet glücklich, da Ihr's
vermögt!"

Sie schüttelten sich zum Abschied die Hand, um
sich im Leben nicht mehr zu begegnen, innerlich von gar
verschiedenem Trachten erfüllt. Schon in der Frühe
des andern Morgens jedoch fuhr Osmund Werneking
mit Wilma Olbigson auf leichtem Segelfahrzeug wieder
die Trave hinunter, um auf dem Seewege nach
Wismar heimzukehren. Noch hatte sich nirgendwo
Zeit und Kunstgeschick einer Nadel geboten, um das
Mädchen mit anderer Kleidung zu versehen, und sie
hüllte ihre alte Schiffertracht bis zur Ankunft in Wis=
mar unter einem weiten, auf die Füße niederfallenden
Mantel. Doch als sie um zwei Wochen darauf vom
Altar der Marienkirche an der Blutkapelle vorüber, die
vor einem Menschenalter zur Sühne für die Hinrichtung
des Bürgermeisters Johann Banzkow durch die Bürger
Wismars erbaut worden, in die Dankwardsstraße zu=
rückschritt, da trug Wilma Werneking ein weißes Seiden=
gewand ihres Geschlechtes von höchster Kostbarkeit, das
leuchtend an ihrer weit höher aufgewachsen erscheinenden

Gestalt herabfloß, wie sonnenbestrahlte Schneehalde von
den Kjölen des Nordlands. Staunend und raunend
bewunderten ringsum Frauen und Mädchen dichtgedrängt
die fürstliche Schönheit des stadtfremden jungen Weibes;
sie ging langsam, noch etwas zaubernd und beschwerlich
in der ungewohnten Kleidung, und leise wiegte sich auch
in dieser ihr Gang noch, als würde sie manchmal an=
muthsvoll von leichter Welle gehoben und gesenkt. Vom
festlichen Hause empfangen, hielt Osmund Werneking
unwillkürlich einen Augenblick auf dem Flur seinen
Schritt und sprach mit schmerzlichem Gedanken: „Hier
hatte Tove, Deine Schwester, Dich heut' emporgeleiten
gesollt." Sein Gesicht kündete keine Ahnung, daß es
der, von welcher er redete, besser in der leiblosen Ruhe
sei, als hier, hochzeitlich geschmückt, seine Braut als
Ehrenjungfrau zu begleiten; nun fügte er drein: „Komm,
Elisabeth, geleite denn das Kreuzchen auf Deiner Brust
uns allzeit weiter!" und mit ernster Freudigkeit führte
er das schöne Königskind als Herrin seines väterlichen
Hauses über die Treppe zum harrenden Festsaal hinan.

„Dietwald" hieß über Jahresfrist ein neuer Trieb
des alten Stammes. Dann gesellte ein „Wisimar" sich
ihm hinzu, doch niemand vernahm aus Wind und Welle
mehr eine Kunde von dem, dessen Angedenken die Be=
nennung dankbar forterhielt.

Und andere Namen folgten in langer Reihe nach.

www.ingramcontent.com/pod-product-compliance
Lightning Source LLC
Chambersburg PA
CBHW020106030726
47498CB00006B/1978